孤星淚

〔法〕雨果 著

潘麗珍 譯

商務印書館

孤星淚

著　　者：〔法〕雨果

譯　　者：潘麗珍

責任編輯：譚　玉

插　　畫：張曉帆（Chloe）

出　　版：商務印書館 (香港) 有限公司

　　　　　香港筲箕灣耀興道 3 號東滙廣場 8 樓

　　　　　http://www.commercialpress.com.hk

發　　行：香港聯合書刊物流有限公司

　　　　　香港新界荃灣德士古道 220-248 號荃灣工業中心 16 樓

印　　刷：中華商務彩色印刷有限公司

　　　　　香港新界大埔汀麗路 36 號中華商務印刷大廈 14 字樓

版　　次：2023 年 9 月第 1 版第 5 次印刷

　　　　　© 2009 商務印書館 (香港) 有限公司

　　　　　ISBN 978 962 07 4441 9

　　　　　Printed in Hong Kong

目　錄

雨果與《孤星淚》

在 2009 年英國著名的才藝節目中，又老又沒明星相的蘇珊大媽，憑藉一曲《I dreams a dream》一鳴驚人。蘇珊大媽演唱的這首歌，就節選於由《孤星淚》改編而成的音樂劇。

《孤星淚》是一部記錄法國十九世紀時期社會生活的"百科全書"。這部小說在法國就像《西遊記》和《三國演義》在中國那樣流行。法國人民對這部小說非常熟悉，隨口就能說出書中的人物和情節。小說的作者雨果也被稱為"法蘭西的莎士比亞"。

雨果天資聰慧，9 歲就開始寫詩，15 歲受到法蘭西學士院的褒獎，被稱為"卓絕的神童"。在雨果的一生中，創作歷程超過 60 年，作品包括詩歌、小說、劇本、哲理論著，合計 79 卷之多，著作等身。他逝世時，法國舉國致哀，200 萬巴黎人民上街參與國葬，高呼"雨果萬歲！"他的遺體被安葬在聚集法國名人的"先賢祠"。

《孤星淚》是最能反映雨果文學手法和思想觀念的文學巨著。這部作品的完成，歷時三十年。從 1828 年起構思，到 1845 年動筆創作，直至 1861 年才最終完成。

雨果創作這部長篇小說的動機，起源於一件生活中的小事。1801 年，貧苦農民彼埃爾·莫因偷了一塊麵包，被判 5 年苦役，出獄後，隨身帶一張黃色的身份證，到處找不着工作。此事引起雨果的關注，也激起了他寫這部小說的願望。之後，雨果又開始搜集有關米奧利斯主教的資料，醞釀寫一個釋放的苦役犯受主教感化而棄惡從善的故事。此外，他還參觀了布雷斯特和土倫的苦役犯監獄，在街頭目睹了類似芳蒂娜受辱的場面。他將在生活中遇到的這些真事結合起來，最終創作出《孤星淚》小說。

　　《孤星淚》自問世以來，以它極大的魅力吸引着各個時代的人去解讀其中的深意。根據《孤星淚》改編而成的各種藝術形式也層出不窮，特別是它的音樂劇，在百老匯連演 16 年而不衰，與《貓》、《劇院魅影》、《西貢小姐》一起被譽為世界四大音樂劇。同時，它也一直是影視工作者改編的熱點。它曾十九次被拍攝成電影，四次拍成電視劇。被認為是電影電視改編的“永恆的主題”。1912 年，百代公司拍成的四段式故事片，曾被史學家稱作“藝術電影最成功的作品”。

　　《孤星淚》是世界性的，無論用何種形式去表現這部文學名作，它的內涵與美，全世界都是相通的。《孤星淚》也是法國化的，它是法國文化非常重要的一個符號，從這裏開始，也可以窺見法國特有的人文精神。

入獄

讓‧瓦讓出生在布里的一個貧苦農民家庭。幼時沒唸過書。成年後，他在法弗羅勒當修樹工。他從小父母雙亡，只剩下一個姐姐，是個寡婦，帶着七個孩子，有男孩也有女孩。讓‧瓦讓是姐姐養大的，姐夫活着時，他吃住都在姐姐家。後來姐夫去世了。七個孩子中，老大八歲，最小的一歲。那時，讓‧瓦讓剛滿二十五歲。他代行父職，扶持姐姐，以報撫育之恩。就這樣，他在艱苦而報酬微薄的勞動中消磨着自己的青春。他家鄉的人從沒見過他有"女朋友"。他沒時間談情説愛。

晚上，他拖着疲憊的身子回到家裏，悶頭吃飯，一聲不吭。他吃飯時，他的姐姐讓娜大嬸常常把他湯裏最好的東西，如瘦肉、肥肉、菜心，都撈出來給她的一個孩子吃。他任其這樣做，只當甚麼也沒看見，頭也不抬地吃着，腦袋幾乎埋在湯裏，長長的頭髮遮住了他的眼睛，散落在湯盆周圍。

在修樹的季節裏，他一天可掙二十四蘇，在其他時候，他就給人收割，做小工，放牛，幹苦力活。他盡自己所能。他姐姐也幹活，帶着七個孩子，有甚麼辦法呢？這是悲慘的一家，被貧困包圍，越包越緊。有年冬天非常難熬。讓‧瓦讓找不到活幹。家裏斷了糧，沒有麵包，一點也沒有，可有七個孩子哪！

一個星期日的晚上，在法弗羅勒的教堂廣場，麵包舖老闆莫貝·伊扎博正要睡覺，忽聽得裝了鐵柵的玻璃櫥窗發出一聲巨響。他及時趕到，只見玻璃櫥窗被拳頭敲出一個窟窿，一隻手從外面伸進來。那隻手抓起一塊麵包就跑。伊扎博連忙追出去，小偷拚命逃跑，伊扎博緊追不放，終於逮住了他。小偷已扔掉麵包，但他的胳膊還在流血。這就是讓·瓦讓。

讓·瓦讓因"夜間破門盜竊民居"罪，被送上當時的法庭。他有一支槍，槍法賽過世上任何槍手，多少也是個偷獵者，這些都對他很不利。讓·瓦讓被判五年苦役。

在比塞特監獄，一批犯人被銬上了一條長鐵鏈。讓·瓦讓就在這條鐵鏈上。他被銬在大院北角第四條鏈子的末端，和其他囚犯一樣坐在地上。他對自己的處境一無所知，只知道非常可怕。當有人給他套上枷鎖，用錘子在他腦後梆梆地敲釘子時，他哭了，哭得透不過氣，説不出話，只是不時地重複："我是法弗羅勒的修樹工人。"然後，他一面嗚嗚咽咽，一面伸出右手，逐次降低地按七次，彷彿在觸摸七個高矮不一的腦袋。這個動作似乎告訴人們，他做的任何事情，都是為了養活那七個孩子。

他被押往土倫。他脖子上套着鐵鏈，坐着一輛大車，行走了二十七天。在土倫，他穿上了紅囚衣。他生命裏有過的一切都消失了，甚至連姓名也沒有了。他不再是讓·瓦讓，而成了 24601 號。他姐姐怎樣了呢？七個孩子怎樣了呢？

在苦役牢裏呆了幾年後，讓·瓦讓自己也把他們忘了。這顆心裏曾有過傷口，現在有一個傷疤。如此而已。他在土倫服刑的過程中，只有一次聽人提起過他的姐姐。那是在他因禁第四年的年底。他家有個熟人見到過他姐姐。她在巴黎，住在聖蘇皮斯教堂附近的一條窮街上，她身邊只有一個孩子，一個小男孩，最小的。其他六個在哪裏？她自己也未必知道。每天清晨，她去木鞋街三號的一個印刷廠，她在那裏當摺頁工和裝訂工。早晨六點就得到達廠裏，冬天時，天還沒有亮。印刷廠裏有所學校，她把七歲的小男孩先送到學校。只是她六點要到廠裏，學校七點才開門，那孩子要在院子裏等一個小時；要是冬天，黑咕隆咚的，在外面，呆一個小時！孩子不讓帶進廠裏，說是會礙手礙腳。七點鐘，學校開門，他就進去。這便是讓·瓦讓聽到的關於他姐姐的事。從此再沒聽人談起過，那一次就成了永遠。他再也沒有他們的消息，再也沒有看見過他們，再也沒有遇見過他們。

在這第四個年頭快結束時，輪到讓·瓦讓越獄了。他的牢友們幫助他逃走，在這悲慘的地方這是常有的事。他逃了出去，在田野裏自由地遊蕩了兩天。可那是怎樣的自由啊！後面有人追捕，一步一回頭，稍有動靜便渾身顫抖，整日提心吊膽，怕看到冒煙的屋頂、過路的行人，怕聽見狗吠聲、馬蹄聲、鐘鳴聲；怕天亮，因為看得見，怕黑夜，因為看不見；怕大路、小道、樹叢、睡眠。第二天晚上，他又被抓獲。他已三十六個小時沒吃沒睡了。港口法庭因越獄罪加判他三年徒刑，前後加起來就成了八年。到了第六年，又輪到他越獄了。他仍利用了，但沒成功。晚點名時他不在。人們鳴炮示警，夜巡隊在一條正在建造的大船的龍骨裏找到了他。他奮力抵抗，但最終還是被苦役牢的看守們抓住了。越獄加拒捕。根據特別法的規定，他又被加刑五年，其中兩年要戴雙重鐵鏈，十三年。第十年，又輪到他越獄，他又一次利用，又沒有成功。這一回又加刑三年，十六年。最後，我想是他入獄後的第十三年，他試了最後一次，四小時後就又被逮住了。這四個小時，使他又加刑三年，十九年。一八一五年十月，他刑滿釋放。他是一七九六年因敲碎一塊玻璃拿走一塊麵包而鋃鐺入獄的。

讓·瓦讓入獄時哭泣顫抖，出獄時無動於衷。進去時悲痛絕望，出獄時憂鬱陰沉。

在這個人的心靈中有甚麼變化呢？

遇上主教

那天晚上，迪涅的主教先生在城裏散完步後，就把自己關在房裏，一直到很晚。八點鐘他還在工作，膝頭攤着一本厚書，很不舒服地在一些小方紙上寫着甚麼。這時，馬格盧瓦太太進來了，按照她的習慣，將放在牀邊壁櫥裏的銀食具拿走。過了一會兒，他感到食具已擺好，他妹妹可能在等他了，便合上書，起身去飯廳。

飯廳是個長方形的屋子，內有壁爐，門臨街，窗向着園子。果然，馬格盧瓦太太就快擺好食具了。她邊忙着開飯，邊同巴蒂斯蒂娜小姐聊天。主教先生進入飯廳時，馬格盧瓦太太正講得起勁。馬格盧瓦太太去買晚餐的食物時，在好幾個地方聽到了議論：據說有一個波希米亞人，一個流浪漢，一個危險的叫化子，現在正在城裏遊蕩。他到雅甘·拉巴爾的客店投宿，拉巴爾沒讓他住。有人看見他是從加桑迪林蔭大道過來的，傍晚時分，他在城裏轉悠。一個面目猙獰、作惡多端的壞蛋。

"真的嗎？"

主教這麼一問，馬格盧瓦太太便來了勁；她覺得這表明主教也有點緊張了，於是得意地繼續說："是的，大人。這是真的。今天夜裏，城裏會出事的。大家都這麼說。還有，現在治安很不好。我們的屋子很不安全。大人同意的話，我去把鎖匠保蘭·米茲布瓦找來，讓他把原來的門閂重新裝上去。因為，我説，大門只用插銷，外面來的人一推就開，沒有比這更可怕的了。而且，大人總習慣説'進來'，哪怕是深更半夜，啊！上帝！不用徵得同意……"

這時，有人用力敲了一下門。

"進來。"主教説。

門開了。門開得很猛，很大，似乎推門的人使了很大的勁兒，下了很大的決心。一個人走了進來。

他進來後，向前走了一步就又停下了，讓他身後的門敞開着。他肩上背着背包，手裏拿着棍子，眼裏露出粗魯、堅定、疲倦和暴躁的神態。壁爐裏的火照着他。他面目可憎。

馬格盧瓦太太連喊的力氣都沒了。她愣在那裏，渾身顫抖。巴蒂斯蒂娜小姐轉過頭，看見那人進來，嚇得差點站起來，然後，她又慢慢地將腦袋轉向壁爐，開始看她的兄弟，她的臉又變得異常平靜而安詳了。

主教用平靜的目光看着那個人。他正要開口，可能想問來人需要甚麼，那人卻雙手按在棍子上，挨個看了看主教和兩個女人，不等主教説話，便大聲説："聽着。我叫讓·瓦讓。我是苦役犯。我在苦役牢裏呆了十九年。四天前剛釋放，我要去蓬塔利埃，那是我的目的地。我從土倫來，走了四天了。今天走了二十里。傍晚來到這裏，我去過一個客棧，被趕了出來，因為我向市政府出示了我的黃通行證。我又去了另一個客棧。人家對我説：'滾開！'我去過監獄，獄卒沒有開門。我到過狗窩。那條狗咬了我，把我趕了出來，就像是人似的。好像牠知道我是誰。我到了那個廣場上，正想睡到一塊石頭上。一個老太太給我指了您的房子，對我說：'去敲那家的門。'於是我就敲了門。這是甚麼地方？是旅館嗎？我有錢，我積存的錢。一百零九法郎十五蘇，是我在苦役牢裏幹了十九年苦活掙的。我會付錢的。這有甚麼？我有錢。我累極了，走了二十里，我餓壞了。您讓我留下嗎？"

"馬格盧瓦太太，"主教說，"再放一副食具。"

"聽着，"他像沒聽懂主教的話似地說道，"不要這樣。您沒聽見嗎？我是坐過牢的。是個苦役犯。我是從苦役牢裏來的。"

他從口袋裏掏出一張黃紙，把它打開。"這是我的通行證。您看到了，是黃的。這讓我到哪裏都會被人趕走。聽着，這就是通行證上寫的：'讓·瓦讓，刑滿釋放犯，原籍……'這同您沒關係……'服了十九年苦役。破門盜竊，五年。四次企圖越獄，十四年。此人十分危險。'這就是上面寫的。大家都把我趕了出來。您願意接待我嗎，您？這裏是旅館嗎？您願意給我吃和住嗎？您有馬廄嗎？"

"馬格盧瓦太太，"主教說，"給凹室的牀鋪上白被單。"

"真的嗎？甚麼！您留我下來？您不趕我走？一個苦役犯！您叫我先生！您不用'你'稱呼我！別人總對我說：'滾開，你這條狗！'我原以為您會趕我走的。您是個好人。您是店主，是不是？"

"我是這裏的神甫。"主教説。

馬格盧瓦太太已擺好晚飯了。一盆用水、食油、麵包和鹽煮成的清湯，一點兒肥肉，一塊羊肉，幾隻無花果，一塊新鮮的奶酪和一大塊黑麥麵包。她還自作主張，在主教先生的日常飯菜之外，加了一瓶莫夫陳酒。

主教先做禱告，然後，按習慣親自給大家盛湯。那人狼吞虎嚥地吃了起來。突然，主教説："我覺得桌上還少點甚麼。"的確，馬格盧瓦太太只放了三副必須用的食具。但是，主教留客吃飯時，總習慣在桌布上面擺六副銀食具，這是無辜的擺闊。在這個把清苦昇華到神聖的溫馨而嚴肅的家裏，這種優雅的擺闊，是一種不無魅力的孩子氣。馬格盧瓦太太心知其意，一句話也沒説

就出去了。不一會兒，主教要的另外三副銀食具已對稱地擺到三位就餐者面前，在桌布上閃閃發光了。

和妹妹道過晚安後，主教從桌上拿起一個銀燭台，把另一個遞給他的客人，對他說："先生，我領您去房間。"去那間有凹室的祈禱室，或從裏面出來，必須經過主教的臥室。他們經過這個房間時，馬格盧瓦太太正在把銀食具塞進牀頭的壁櫥裏。主教把客人安頓在凹室裏，一張潔白乾淨的牀已鋪好。那人把燭台放到小桌子上。"行了，"主教說，"好好睡一覺，明天早晨動身前，喝一杯我們家自產的熱牛奶。"

大教堂的時鐘敲響半夜兩點時，讓·瓦讓醒了。他這麼早醒來，是因為牀太舒服了。人在白天受了太多的刺激，那些事擾得你心緒不寧，你可以睡着，但醒後就不容易再睡着了。這正是讓·瓦讓所處的情況。他再也睡不着了，於是開始胡思亂想。

他的思緒正是混亂的時候。一群模糊不清的東西在他的腦海裏翻騰。往事新事浮上心頭，雜亂無章，毫無條理，但有一件事

反覆出現，將其他事趕跑：他注意到了馬格盧瓦太太放在桌上的六副銀食具和那個大湯勺。

那六副銀食具縈繞在他心頭，它們就在那裏，近在咫尺。他穿過隔壁的房間，到這間屋裏來睡覺時，老女僕正在把它們放進牀頭的小壁櫥裏，他注意到了這個壁櫥，從飯廳進來，就在右邊，它們是實心的，是舊銀器，加上那把大湯勺，至少可賣二百法郎，是他在牢裏十九年所掙的兩倍。

他腦海裏猶豫着，鬥爭着，折騰了足足一小時。他就這樣坐着想着，要不是時鐘敲了一下，報告一刻或半點鐘，他也許會像這樣坐到天明。這鐘聲彷彿在對他說："行動吧！"他用右手拿着燭台，屏氣息聲，躡手躡腳，向隔壁的房間走去。我們知道，那是主教的臥室。走到門口，他發現門半掩着。主教根本就沒關門。他邁前一步，走進了房間。房裏寂然無聲。

讓·瓦讓小心翼翼地向前走去，以免碰到傢具。他聽見房間深處，傳來熟睡的主教均勻而安詳的呼吸聲。

他戛然止步。他已來到牀邊。

一道月光透過長窗，驀然照亮了主教蒼白的臉。他睡得非常安詳。他臉上閃耀着滿足、希望和快樂的精神。那不只是微笑，而是一種光輝。他這種無意展示的莊嚴神態，幾乎可與神靈爭艷鬥麗。

讓·瓦讓在黑暗中，手裏拿着鐵燭台，呆呆地站着，被這燦爛的老人嚇得不敢動彈。他從沒見過這樣的情景。老人的信任使他驚恐萬分。

主教一個人睡在房裏，有這樣一個人為鄰，卻睡得如此深沉，這裏面有一種崇高的東西，讓·瓦讓也模模糊糊地，卻又是不可抗拒地感覺到了。

讓·瓦讓重新戴上帽子，不再看主教一眼，沿着牀快步朝牀頭旁的模糊可見的壁櫥走去。他舉起鐵燭台，好像要撬鎖。鑰匙就在鎖上。他打開鎖，首先映入眼簾的是放銀餐具的籃子。他拿起籃子，大步穿過房間，不再小心翼翼，也顧不得會弄出聲音。他到了門口，走進祈禱室，打開窗子，拿起棍子，跨過樓下的窗台，把銀餐具放進背包裏，扔掉籃子，穿過園子，猛虎似的越牆逃跑了。

翌日，比安維尼大人在園子裏散步。馬格盧瓦太太慌裏慌張地向他跑來。"大人，大人，"她喊道，"大人知道銀食具的籃子到哪裏去了嗎？"主教剛在一個花壇上撿到了籃子。他把它交給馬格盧瓦太太。"喏！""怎麼？"她說，"空的！銀食具呢？""啊！"主教又說，"原來您問的是銀食具？我不知道它們在哪裏。""仁慈的上帝！被人偷走了！是昨晚的那個人偷的。"

她叫嚷着，視線落到園子的一個角上，那裏有越牆的痕跡。牆頭的人字架拉掉了。"瞧！他是從那裏跑掉的。他翻過牆到了科什菲萊街！啊！真該死！他偷走了我們的銀食具！"

主教沒有吭氣，過了一會兒，他抬起嚴肅的眼睛，和顏悦色地對馬格盧瓦太太說："首先，這銀食具是我們的嗎？"馬格盧瓦太太瞠目結舌。又是一陣沉默，接着，主教繼續說：

"馬格盧瓦太太，這銀食具我長期佔有，這是不對的。它們屬於窮人。那人是誰？顯然是窮人。"馬格盧瓦太太做了一個意味深長的鬼臉。

過了一會兒，主教在讓·瓦讓昨夜吃飯的桌子上用早餐。突然聽到有人敲門。

"請進。"主教説。門打開了。一群奇怪而粗暴的人出現在門口。其中三個人揪着第四個人的衣領。那三個人是憲兵，另一個是讓·瓦讓。門外還有個憲兵班長，可能是帶隊的。他進了屋，走到主教跟前，行了個軍禮。

"主教大人……"他説。

讓·瓦讓神情憂鬱，顯得垂頭喪氣，一聽到這個稱呼，大吃一驚，便抬起頭。"主教大人？"他喃喃地説，"這麼説，他不是本堂神甫……"

這時，比安維尼大人以他這樣歲數的人可能有的最快速度，趕緊迎上去。"啊！是您！"他看着讓·瓦讓，大聲説。"看到您很高興。怎麼！那對燭台我不是也送給您了嗎，也是銀的，可以賣二百法郎哪。您怎麼沒同食具一起拿走？"

讓·瓦讓張大眼睛，看着年高德劭的主教，那神情是任何人類語言都難以描繪的。

"主教大人，"憲兵班長説，"這人説的是實話嗎？我們遇到了他。他就像逃跑的樣子。我們攔住他檢查了，發現了這套銀食具……"

主教微笑着打斷他説："他沒給你們説，這是一個神甫老頭送給他的嗎？他還在他家裏過了一夜。我明白是怎麼回事。你們把他帶回來了？這是個誤會。"

"既然這樣，"班長又説，"我們可以放他走了吧？"

"當然。"主教回答。

憲兵們放了讓·瓦讓，可他卻往後退。"真的放我走了嗎？"他說，聲音含糊不清，彷彿在說夢話。

"我的朋友，"主教又說，"走之前，別忘了您的燭台，拿上吧。"他走到壁爐跟前，拿起那對銀燭台，交給讓·瓦讓。讓·瓦讓渾身顫抖。他神態迷惘，機械地接過那對銀燭台。

"現在，您放心走吧。"主教說，"對了，朋友，以後再來時，不必從園子裏進來。您隨時可以從街上的那個門進出。它白天黑夜都只用插銷關着。"

讓·瓦讓好像要昏過去了。主教走到他跟前，低聲對他說："您答應過我，您要用這錢使自己變成一個誠實的人，可不要忘了啊，千萬不要忘了啊。"讓·瓦讓想不起來有過甚麼承諾，一下愣住了。主教說這些話時，加重了語氣。接着，他又鄭重地說："讓·瓦讓，我的兄弟，從今後，您不再屬於惡，而是屬於善了。我是在贖您的靈魂，我把它從陰暗而墮落的思想裏贖回來，交還給上帝。"

讓·瓦讓逃跑似的出了城。他在田野裏匆匆走着，許多新的感受折磨着他。從主教家中出來時，他的思想已不再是從前那樣了。他無法弄明白他內心發生的變化。他對主教超凡的行為和溫和的言語，採取抗拒的態度。他朦朦朧朧地感到，主教的寬恕是使他產生動搖的最猛烈的襲擊和最可怕的進攻；如果他抵抗這一寬恕，他就將永遠冷酷無情；如若讓步，就要放棄多年來別人的行為使他日積月累的、他自得其樂的滿腔仇恨；在他的惡和那人的善之間，一場戰鬥已經開始，這是一場大決戰。未來的生活，一種有可能實現的純潔而燦爛的生活，展現在他眼前，使他惶惶不安，渾身顫慄。他的確茫然不知所措。

就在這種思想狀態下，他遇見了小熱韋爾，搶走了他的四十蘇。當心智被無數新奇的念頭糾纏，正在苦苦掙扎時，出於習慣和本能，他糊裏糊塗地把腳放到了那枚硬幣上。當心智清醒過來，看見這一野蠻行徑，讓·瓦讓不安地後退幾步，發出了恐怖的叫聲。他還沒來得及反省和思考，就像要逃跑似的，發狂般地奔跑起來，想找到孩子，把錢還給他。後來，當他發現這是白費力氣，他便絕望地停了下來。

他似乎產生了幻覺。他看見讓·瓦讓出現在他面前，看到了那張兇惡的嘴臉。他差點問自己那人是誰，他感到非常厭惡。同時，穿過幻覺，在神秘的心靈深處，他彷彿看見有個亮光。他起初以為是火炬。他更仔細地注視這出現在他意識中的亮光，發現它是個人，這個火炬便是主教。他的意識輪番注視面前的兩個人，一個是主教，一個是讓·瓦讓。他的幻覺越是延長，主教在他眼裏就變得越來越高大，越來越燦爛，而讓·瓦讓則愈來愈渺小，愈來愈模糊，到後來就只剩下一個影子，最後突然消失了。只剩下主教一人了。他用燦爛的光輝，照亮了這可憐人的整個心靈。

孤星淚

遇上主教

當上市長

不知從甚麼時代起，濱海蒙特勒伊就有了一種特殊的工業，仿製英國的黑玉和德國的黑玻璃。這個工業一直死氣沉沉，因為原料昂貴，反過來也影響到勞動力。一八一五年底，一個男子，一個陌生人，來到這個城市定居，在生產中，他提出用蟲膠取代樹膠，尤其在做手鐲時，提出讓扣環兩端稍稍分開，而不是焊死。這個小小的改變是一場革命。

的確，這小小的改變大大降低了原材料的成本。不到三年時間，發明這個方法的人發了財，這是好事；同時，他讓周圍的人也發了財，這就好上加好了。他不是本省人。對於他的來歷，人們一無所知；對他是如何創業的，所知也甚少。有人說，他來這個城市時，帶的錢很少，最多幾百法郎。他用這微薄的資本，將一個聰明的想法付諸實現，有條不紊，挖空心思，使它越滾越多，他自己發了跡，全鄉的人也發了財。

他剛到濱海蒙特勒伊時，他的衣着、舉止和談吐像個工人。好像是十二月的一個傍晚，他背着行囊，拿着一根帶刺的棍子，無聲無息地走進濱海蒙特勒伊這個小城，恰遇市府發生一場大火災。他跳進火中，冒着生命危險，救出兩個孩子，恰好又是憲兵隊長的孩子，這樣，人們也就沒有想起問他要證件。從此，大家知道了他的名字。他叫馬德蘭老伯。

此人五十歲上下，心事重重，但非常善良。那項工業經過他可敬可佩的改革後，獲得了突飛猛進的發展，濱海蒙特勒伊也就成了重要的貿易中心。馬德蘭老伯獲得了巨大的利潤，第二年，他就建造了一個大工廠，設有兩個車間，一個男車間，一個女車間。沒有飯吃的人，可以到這裏來，肯定能找到工作和麵包。馬德蘭老伯要求男的心地善良，女的品行端正，要求人人正直誠實。

在這個普通生意人身上，有一點使人感到奇怪：他主要關心的似乎不是錢財。他好像更多地考慮別人，很少想到自己。人們知道，一八二〇年，他以個人名義，在拉斐特銀行存了一筆六十三萬法郎的款子，可是，他在為自己存下這六十三萬法郎之前，已為城市和窮人花去了一百多萬。

醫院裝備不足，他就增設了十個牀位。濱海蒙特勒伊分上下兩城。他住在下城，只有一所學校，校舍破破爛爛，快要倒塌了。他又建了兩所學校，一所是女子學校，另一所是男子學校。他給兩個教員發津貼，是他們微薄的工資的兩倍。他出資創建了一個收容所，這在當時的法國幾乎聞所未聞。他還為年老和殘廢工人設立了救濟金。以他的工廠為中心，很快形成了一個新區，住着許多貧苦家庭。他在那裏開設了一個免費藥房。

一個早晨，傳出來一個消息：經省長先生推薦，鑒於馬德蘭老伯對當地作出的貢獻，他就要被國王任命為濱海蒙特勒伊市長。整個濱海蒙特勒伊市都轟動了。幾天後，任命在《箴言報》上公佈了。翌日，馬德蘭老伯宣佈拒絕接受。就在這年，用馬德蘭發明的新方法製造的產品，在工業展覽會上展出了。根據評委的報告，國王授予發明者榮譽勳章。馬德蘭老伯拒絕了十字勳章。

顯然，此人是個謎。他給濱海蒙特勒伊市帶來了許多好處，給窮人帶來了一切。他做了多少好事，最終贏得大家的尊敬，他是那樣和藹可親，最終博得了大家的愛戴。尤其是他的工人，對他更是由衷的敬佩。對於這種敬佩，他總是嚴肅之中帶點憂鬱。當他被證實為富翁時，"社會名流"們便對他刮目相看了，城裏人也開始稱呼他馬德蘭先生，但工人和孩子們一如既往，仍喊他馬德蘭老伯，這是最讓他感到欣慰的。隨着他威信升高，請柬紛至沓來。"上流社交"需要他。那些矯揉造作的小沙龍，當初自然向這個手藝人緊閉大門，現在卻敞開大門，歡迎百萬富翁。人們千方百計接近他。他都一一拒絕了。

當初他掙了錢，他們說他是商人；看到他散發錢，又說他是野心家；後來見他拒絕榮譽，就說他是冒險家；現在又見他拒絕社交界，就又說他是個粗人。

他到濱海蒙特勒伊市的第五個年頭，那一年，鑒於他對該市作出了卓越的貢獻，廣大民眾的願望又完全一致，國王再次任命他為市長。他又一次拒絕了。但這次省長不接受他的拒絕，顯貴們都來懇求他，民眾們上街哀求他，他看到大家如此堅持，只好接受

了。人們注意到，促使他下決心的，好像主要是一個老婦對他幾乎是憤怒的指責；那個平民百姓從家門口對他生氣地嚷道：「一個好市長是有用的。在可能做的好事面前，應該退卻嗎？」這是他升遷的第三個階段。先是從馬德蘭老伯變成了馬德蘭先生，現在又從馬德蘭先生變成了市長先生。

當了市長後，他仍和當初一樣樸實。他頭髮灰白，目光嚴肅，面色像工人那樣黝黑，神情像哲學家那樣沉思。他通常戴一頂寬邊帽，穿一件粗呢長禮服，紐扣一直扣到下巴。他履行市長的職責，工作之外，他孤獨地生活。他很少同人交談。他的樂趣是在田野裏散步。他出去散步時，常常帶着一支槍，但很少使用。偶爾開槍，卻是彈無虛發。他從不殺死無害的動物，從不向小鳥開槍。

他雖然不年輕了，但人們傳說他力大無比。他常在人們需要時助一臂之力，把倒下的馬扶起來，陷進泥裏的車推出來，抓住兩隻犄角攔住逃跑的公牛。他出門時，口袋裏總是裝滿了錢幣，回來時空無一子。他非常仁慈，有人喪偶和遭遇不幸，就會把他吸引過去。他總是出現在服喪的朋友和戴孝的家庭中，同圍着靈柩低聲吟誦的神甫們混在一起。

他做了許多好事，但不讓人知道，如同有人幹壞事瞞着別人一樣。晚上，他偷偷潛入別人家裏，悄悄爬上樓梯。一個可憐人回到自己的破屋，發現他不在時門被打開了，有時甚至是撬開的。那可憐人大叫大喊：「有壞人來過啦！」他走進屋裏，首先映入眼簾的，是一枚丟在傢具上的金幣。來過的"壞人"，正是馬德蘭老伯。

他和藹可親，卻神情憂鬱。老百姓說："這個人很有錢，卻一點也不高傲。這個人很幸福，卻一點也不快活。"有人說他是個神秘人物，他們斷言，誰也進不了他的臥室，說那完全是一間隱修士的密室。這事傳得滿城風雨，以至有一天，濱海蒙特勒伊的幾個漂亮調皮的姑娘闖進他的家裏，問他道："市長先生，讓我們看看您的臥室。聽說是個岩洞。"他笑了笑，立即把她們帶到他的"岩洞"裏。她們大失所望。房裏只有幾件紅木傢具，同所有這類傢具一樣相當難看，牆上糊着廉價的牆紙。除了壁爐上的一對舊燭台，其他甚麼也沒看見。那燭台好像是銀的，"因為上面打了驗印"。

一八二一年初，各家報紙報道了米里埃先生——迪涅的主教，"別名比安維尼大人"仙逝的噩耗，享年八十二歲。

他逝世的噩耗，濱海蒙特勒伊的報紙轉載了。翌日，馬德蘭先生穿起了喪服，帽子上也戴了塊黑紗。

人們注意到他穿喪服，於是大家街談巷議，說長道短。這彷彿是一道微輝，使人隱隱看到了他的來歷。人們得出結論，他與那位德高望重的主教有些關係。

一天晚上，小聖日耳曼區社交圈裏一位最年長的老婦，自以為年資最深，就可以管別人閒事，竟然問他："市長先生想必是已故迪涅主教的表親吧？"

他説：“不是，夫人。”

那老夫人又説：“那您怎麼會給他服喪呢？”

他回答：“因為我年輕時，在他家裏當過僕人。”

還有件事要提一下：只要有四處流浪、給人通煙囪的薩瓦少年經過本市，市長先生就叫人把他找來，問他叫甚麼名字，並且給他一些錢。那些薩瓦流浪兒們互相轉告，於是，許多人都到這裏來。

隨着時間流逝，各種敵意漸漸煙消雲散。

全城上下，對他由衷的崇敬，竟至於濱海蒙特勒伊人稱呼“市長先生”的口吻，和迪涅人稱呼“主教大人”的口吻簡直如出一轍。方圓十里內，人們都來求教馬德蘭先生。他調解糾紛，阻止起訴，讓敵對雙方和解。誰都把他看做理所當然的仲裁。

在整個城市和整個區，只有一個人千方百計避免傳染，不管馬德蘭老伯做甚麼，他都持抗拒態度，彷彿有一種不受腐蝕、不可動搖的本能在喚醒他，使他侷促不安。

馬德蘭先生平靜而慈祥地從街上經過，受到眾人的祝福，但常有一個身材高大、穿一件鐵灰色禮服、挂一根粗枴杖、戴一頂垂邊帽的人，與他交叉而過，又猛然會轉過身來，目光跟着他，直到看不見。

這個人的神情嚴肅得嚇人，讓人一見就會緊張不安。他叫雅韋爾，是警察。

雅韋爾是在監獄裏出生的，他母親靠用紙牌算命謀生，父親是苦役犯。長大後，他感到自己被排除在社會之外，毫無希望回到社會中。同時，他感到自己本質上刻板、勤懇、正直，對於自己所屬的流浪階層，有一種難以形容的仇恨。他於是當了警察。

他成功了。四十歲時，他當上了便衣警官。他年輕的時候，在南方當過苦役犯看守。

雅韋爾嚴肅的時候，是一條看門狗，笑的時候，是一隻老虎。此外，他的顴骨小，頜骨大，頭髮遮住了額頭，直落眉毛。他總是雙眉緊蹙，形成的皺紋猶如一顆憤怒的星星，在兩隻眼睛之間閃爍；他目光深沉，嘴唇緊閉，令人生畏；他神態兇狠，咄咄逼人。

此人只有兩種情感：崇尚權力，仇視反叛。

他對所有擔任公職的人，大到內閣大臣，小到鄉村巡警，都盲目而絕對地相信。對失過一次足的人，他一概蔑視、憎惡和反感。

雅韋爾有如一隻眼睛，總是盯着馬德蘭先生。那是充滿了懷疑和臆測的眼睛。馬德蘭先生最後覺察了，卻好像無動於衷。他對待雅韋爾，同對待所有人一樣，輕鬆自然，和藹可親。

救了芳蒂娜

　　芳蒂娜是底層孕育的孩子。她出生在深不可測的黑暗的社會底層，她的額頭打上了無名無姓、不知身世的印記。她生在濱海蒙特勒伊。她父母是誰？沒有人說得清楚。人們從沒見過她的父親或母親。她叫芳蒂娜。為甚麼叫芳蒂娜？人們從不知道她有別的名字。小時候，她光着腳在街上行走。第一個遇見她的人隨便給她起了個名字，於是她就有了這個名字。

　　十歲那年，芳蒂娜離開城裏，到附近的農場主家幹活。十五歲，她到巴黎來"碰運氣"。芳蒂娜如花似月，並且將貞潔保持到最後一刻。她有一頭漂亮的金髮，一口漂亮的皓齒。

　　她為了生活而打工，後來，同樣是為了生活，她戀愛了，因為心也會飢餓。

　　她愛上了托洛米埃。

　　他是逢場作戲，可她卻是狂熱的愛。

　　這是她的初戀，她早已把托洛米埃看做丈夫，獻出了自己的一切。可憐的姑娘已有一個孩子了。

　　她被遺棄後，生活很艱難。孩子的父親一走，她便孤苦伶仃、無依無靠。況且，她已養成好逸惡勞的習慣。她和托洛米埃來往後，也跟着瞧不起她熟悉的小手藝，忽視了那些手藝的銷路，出路全堵死了。毫無生存的辦法。芳蒂娜勉強認得幾個字，但不會寫。

她讓代寫書信的人給托洛米埃寫了一封信，接着又寫了第二封、第三封，卻是石沉大海。

　　於是，她對這個男人心灰意冷了。可是，怎麼辦呢？她已無人可以求助。

　　她想回老家濱海蒙特勒伊去。那裏，也許有人認識她，會給她一份工作。這主意不錯；可是，得隱瞞她做過的錯事。她隱約感到，她可能得忍受比第一次更痛苦的離別。她心裏十分難過，但她下了決心。

　　她毅然放棄了華麗的服飾，穿起了粗布衣服，她變賣了所有東西，得到二百法郎；償清零星債務後，就只剩大約八十法郎了。在一個春光明媚的早晨，二十歲的芳蒂娜背着女兒，離開了巴黎。

　　中午時分，便到了蒙費梅的麵包師巷。

　　她從泰納迪埃客棧門口經過，看見兩個小姑娘，坐在稀奇古怪的鞦韆上，玩得興高采烈，她看得目眩神迷，就在這幅歡樂景的景象前面駐足停步。

　　她凝視她們，她讚美她們，她是那樣感動，當那母親唱完一句歌詞換氣的時候，她情不自禁地説：

　　"太太，您這兩個孩子真漂亮。"

　　那母親抬起頭，道了聲謝，讓過路的婦人坐到門口的板凳上，她自己仍蹲在門檻上。兩個女人聊起來。

　　"我叫泰納迪埃太太。"兩個小女孩的母親説，"這客棧是我們開的。"

　　過路的女子敍述她的經歷，不過稍微作了點改變。

　　她是個女工；丈夫死了；巴黎找不到工作，她到別處去謀生；她回老家去。

孤星淚

救了芳蒂娜

她抓住泰家婆娘的手眼睛望着她，對她説：

"您願意幫我照管孩子嗎？您看，我不能把孩子帶回老家。帶了孩子，不能幹活，也找不到工作。是仁慈的上帝讓我經過您的客棧的。當我看到您的孩子那麼漂亮，那麼乾淨，那麼開心，我心裏感到一震。我説：這是位好母親。再説，我很快就會回來的。您願意幫我照管孩子嗎？"

"我得想一想。"泰家婆娘説。

"我每月付六法郎。"

這時候，屋裏頭傳出一個男人的喊聲：

"不能少於七法郎。而且得先付六個月。"

"我給。"那母親説。

"另外得多付十五法郎，作為初來的花費。"那聲音補充説。

"我給，"那母親説，"我身上有八十法郎。剩下的錢夠我回老家了。我步行回去。到了那裏我就掙錢，等掙到一些錢，我就回來接我的寶貝。"

男主人露面了。

"那好。"他説。

交易談成了。那母親在店裏過了夜，給了錢，留下孩子，取出孩子的衣服，合上從此又癟又輕的旅行袋，第二天一早就啟程了，打算很快就回來。

她把小珂賽特託付給泰納迪埃夫婦後，便繼續趕路，終於到了濱海蒙特勒伊。芳蒂娜離開家鄉已有十來年。蒙特勒伊的面貌有了很大的改變。芳蒂娜的日子越來越艱難，她出生的城市卻興旺發達了。

芳蒂娜回到家鄉時，沒有人記得她了。幸好馬德蘭先生的工廠像朋友似的，對她笑臉相迎。她去工廠求職，被安排在女工車間。對芳蒂娜來說，這完全是新的行業，不可能幹得很熟練，一天賺不了多少錢，但也夠了。工作問題解決了，她能夠掙錢餬口了。芳蒂娜看到自己過得下去了，不禁一陣喜悅。能夠自食其力，過正經的生活，這真是上蒼的恩賜！

因為不能說自己已結婚，她從不說自己有個女兒。起初，她按時給泰納迪埃家寄錢。她除了簽名，不會寫字，只好請代書人替她寫信。她經常寫信，這引起了人們的注意。女工車間裏開始議論紛紛，說芳蒂娜"經常寫信"，"行為可疑"。因此，有人開始注意芳蒂娜了。此外，不止一個女人對她的金髮皓齒嫉妒不已。

救了芳蒂娜

人們發現，在車間裏，儘管周圍都是人，她常常扭過頭去擦眼淚。那正是她思念孩子的時候，也許還有她曾愛過的那個男人。人們看到，她每月至少寫兩封信，總是同一個地址，並且親自貼郵票把信寄出。人們終於弄到了地址：蒙費梅，客店老闆泰納迪埃先生。那代書人是個不把兜裏的秘密倒空，就不可能用酒灌滿肚腸的老頭，人們就把他請到小酒店裏，讓他說出了一切。總之，人們終於知道芳蒂娜有個孩子。"她可能是那種女人。"

有個長舌婦專程去了趟蒙費梅，找泰納迪埃夫婦聊了聊，回來後說："花了三十五法郎，總算把事情弄清楚了。我見到那個孩子了！"

一天上午，車間的女監工以市長先生的名義交給她五十法郎，對她說，她不再是廠裏的人了，市長先生要她離開濱海蒙特勒伊。也就是這個月，泰納迪埃夫婦將扶養費從六法郎增加到十二法郎後，又要求提高到十五法郎。芳蒂娜一下驚呆了。她不能離開，她還欠着房租和傢具費哩。五十法郎，還不夠還債。她結結巴巴，哀求了幾句。女監工告知她必須立即離開車間。她覺得連說話的力氣都沒有了。有人勸她去找市長，她不敢。

馬德蘭先生對這一切全然不知。

馬德蘭先生通常幾乎從不來女工車間。他把這個車間交給了一個老姑娘，他對這個女監工非常信任，那位女監工就是在這種擁有充分的權利、又充分自信的情況下，調查這件案子，對芳蒂娜進行審理、判決和執行的。

芳蒂娜想在城裏給人家當女僕，挨家挨戶地尋問。沒有人要她。

於是她給駐軍的士兵縫粗布襯衣，每天掙十二蘇。她女兒就要花去十蘇。就從這時起，她開始不按時給泰納迪埃寄錢了。

芳蒂娜賺的錢太少。她欠的債越來越多。泰納迪埃夫婦不能按時收到錢，不斷給她寫信，信上的內容使她憂傷不已，付郵費把她的錢花光殆盡。一天，他們給她寫信說，她的小珂賽特在這大冷天要光身子了，她需要一條羊毛短裙，要母親至少寄十法郎來。她接到信，在手裏揉捏了一整天。晚上，她來到街角的那家理髮店裏，把壓髮梳拿了下來。於是，那頭令人讚美不已的金髮披散下來，直垂腰際。

"多漂亮的頭髮！" 理髮匠説。

"您肯出多少錢？"

"十法郎。"

"剪吧！"

她買了一條羊毛裙，給泰納迪埃夫婦寄了去。泰納迪埃夫婦見寄來的是裙子，肺都氣炸了。他們想要錢。他們把那條裙子給埃波妮穿。可憐的百靈鳥依然冷得瑟瑟發抖。芳蒂娜想："我的孩子不會再冷了。我用我的頭髮給她做了衣服。" 她便戴起小圓帽，遮住剪掉頭髮的腦袋。戴上帽子，她美麗依舊。

芳蒂娜的內心正在悄悄地發生變化。當她看到自己不能再梳頭時，便對周圍的一切仇恨起來。她和大家一樣，對馬德蘭先生一直非常崇敬，可是，她反覆地對自己説，是他把她趕走的，他是她不幸的緣由，久而久之，她便仇恨起他來，而且尤其恨他。

一天，她收到泰納迪埃夫婦的一封信，上面寫道："珂賽特病了，得了一種流行病。據説是粟粒熱。要買很貴的藥。都把我們的錢花光了，一點錢也沒了。如果一星期內不寄四十法郎來，孩子就完了。"

翌日天還沒亮，瑪格麗特走進芳蒂娜的房間，發現芳蒂娜坐在牀上，面色蒼白，渾身冰冷。她徹夜未眠。她的帽子掉在膝蓋上。蠟燭點了一整夜，幾乎燒完了。瑪格麗特在門口停住腳步，看到一片凌亂，驚愕失色，"您怎麼啦，芳蒂娜？"

"沒甚麼。"芳蒂娜回答。"恰恰相反。我的孩子
不會因為沒錢買藥，而死於這個可怕的病了。我很高
興。"她一面說，一面把正在桌上閃光的兩枚金幣指
給那老姑娘看。她邊說邊笑了。蠟燭照亮她的臉。這
是血淋淋的微笑。唇角流着紅分分的口水，嘴裏有一
個黑洞洞的窟窿。那兩顆門牙已拔掉。她給蒙費梅寄
去四十法郎。其實，那不過是泰納迪埃夫婦為了騙錢
耍的詭計。珂賽特根本沒病。

　　芳蒂娜把鏡子扔出窗外。她早已沒有了廉恥心，
現在連打扮的心思也沒了。她的債主們同她"大吵大
鬧"，不讓她安寧。她整夜整夜地哭泣和思索。她眼

晴發亮，她感到左肩胛骨靠上的地方疼痛不止。她咳得很厲害。她感到自己走投無路，越來越像一頭易受驚嚇的野獸。差不多就在這個時候，泰納迪埃給她寫信，説他左等右盼，已做到了仁至義盡，他需要一百法郎，立即寄來，否則就把小珂賽特逐出門外，她大病初癒，天氣寒冷，路途遙遠，她愛怎樣就怎樣，她願意，死了也行。芳蒂娜心裏思忖："一百法郎！可我到哪裏去找一天掙五法郎的工作呢？"

"好吧！"她説，"把剩下的賣了吧。"不幸的女人做了娼妓。

一個剛下過大雪的晚上，一個遊手好閒之徒在纏着一個輕佻女子消閒解悶。那女子穿着舞會的衣裙，袒胸露肩，頭上插着花，在軍官咖啡館門前來回躑躅。

那女子每次從他面前經過，他就向她吐一口煙，罵她一句，這個先生叫巴馬塔布瓦。那個在雪地上走來走去、愁眉苦臉、打扮得妖裏妖氣的女子不做回答，甚至看都不看他一眼，那閒人見她幾乎沒有反應，想必受了刺激，利用那女子轉身的機會，躡手躡腳地走到她後面，忍住笑，彎腰從地上抓起一把雪，突然從她赤裸的雙肩之間塞進她的後背裏。那女子大吼一聲，轉過身來，像豹子似的向前一蹦，撲到那人身上，用指甲抓他的臉，用不堪入耳的話破口大罵。

她是芳蒂娜。

聽到吵架的聲音，軍官們擁出咖啡館，行人也聚攏過來，圍成一個圈圈，他們笑呀，吼呀，拍手呀，那兩個人扭成一團，幾乎分不清是一個男人和一個女人，忽然，一個高個子男人衝出人群，抓住那女人滿是污泥的緞子上衣，對她説："跟我來！"

女人抬起頭，立即停止了怒吼。她變得目光呆滯，臉色由青轉成蒼白，嚇得魂不附體，渾身顫抖。她認出那人是雅韋爾。

那風雅之士乘機溜走了。

雅韋爾撥開人群，衝出包圍圈，拖着那個可憐的女人，大步朝廣場另一端的警察所走去。

芳蒂娜進去後，就走到一個角落裏蹲了下來，呆若木雞，沉默不語，猶如一隻驚恐的母狗，蹲在那牆角裏。警察所的中士把一支點燃的蠟燭放到桌上。雅韋爾坐下，從口袋裏拿出一張公文紙，寫了起來。寫完後，他簽上名，把紙摺好，對那中士説："帶上三個人，把這個婊子押進牢裏。"然後，他轉身對芳蒂娜説："你得關押六個月。"

那不幸的女人不寒而慄。她雙手合十，在被男人們沾滿污泥的靴子踩得濕漉漉的石板地上，用膝蓋向前挪了幾大步。"雅韋爾先生，"她説，"求求您饒了我吧！我向您保證，不是我的錯。是那位先生，我都不認識他，他把雪塞到我的背上。您看，我本來就有病，再説，他已罵了我好一陣了。我心想：這先生在鬧着玩呢。我對他以禮相待，沒有搭理他。就在這時，他把雪塞到我背上。我也許不應該發火。我把那位先生的帽子弄髒是不對。可他幹嘛要溜走呢？我可以向他道歉嘛。今天就饒我一次吧，雅韋爾先生。啊！您不會知道，在監牢裏，每天只能掙七蘇，我要付一百法郎，不然，他們就會把我的女兒攆回來。啊，我的珂賽特！她會怎麼樣呢，可憐可憐我吧，雅韋爾先生！"雅韋爾轉過身去不理她。

幾分鐘前，進來了一個人，誰也沒有注意到。他關上門，靠在門上，聽見了芳蒂娜絕望的哀求。幾個士兵抓住可憐的女人，可她不願站起來，這時，他向前跨了一步，從黑暗中走出來，說："請等一等！"

雅韋爾抬起頭，認出是馬德蘭先生。他脫下帽子，氣惱而又不自然地向他致敬："對不起，市長先生……"

"市長先生"這幾個字對芳蒂娜起了奇特的作用。她用兩個胳膊推開士兵，人們還沒來得及阻攔，她已徑直走到了馬德蘭先生跟前，兩眼直愣愣地瞅着他，大叫大嚷道："呀！你就是市長先生！"說完放聲大笑，並朝他臉上啐了口唾沫。

馬德蘭先生擦了擦臉，說："雅韋爾警探，把這女人放了吧。"

這時候，雅韋爾覺得自己要瘋了。此時此刻，他經受了有生以來最強烈的幾乎是接踵而來的震驚。看見一個妓女朝一個市長臉上啐唾沫，這簡直可怕到了極點。他面色蒼白，神情冷漠，嘴唇發紫，目光絕望，身子微微顫抖，異乎尋常的是，他竟低着頭，語氣堅決地對他說："市長先生，這不可能。"

"怎麼？"馬德蘭先生說。

"這個壞女人侮辱了一個有產者。"

"雅韋爾警探，"馬德蘭先生又以一種和解而平靜的口吻説，"事實是這樣的。您帶這個女人來的時候，我正好從廣場上經過，人群還沒有散，我作了調查，前因後果我都知道了。是那個有產者不對，警察公正的話，應該抓他才是。"

雅韋爾又説："這個壞女人剛才侮辱市長先生了。"

"這是我的事，"馬德蘭先生説，"我受的侮辱，也許應該屬於我自己。我可以做我想做的事。"

"我請市長先生原諒。他受的侮辱不屬於他，而是屬於司法。"

"雅韋爾警探，"馬德蘭先生辯駁説，"最重要的司法是良知。我聽到這個女人的陳説了。我清楚我所做的。我命令立即釋放這個女人。"

雅韋爾還想作最後的努力。"可是，市長……"

"出去。"馬德蘭先生説。

雅韋爾就像一個俄國士兵，站着當胸捱了一棒。他朝市長先生深深一鞠躬，頭一直低到地面，然後出去了。芳蒂娜趕快從門口讓開，目瞪口呆地看着他從面前走過。

雅韋爾出去後，馬德蘭先生轉過身來同芳蒂娜説話，他説得很慢很慢，幾乎説不出話來，就像一個嚴肅的人想哭卻竭力忍住似的："我都聽見了。您説的事我一點也不知道。我甚至都不知道您離開了我的工廠。為甚麼不來找我呢？這樣吧：我替您還債，我派人把您孩子接來，或者您自己去找她。您可以生活在這裏，也可以去巴黎，隨便您。您和您的孩子由我負擔。"

芳蒂娜真有些承受不住了。得到珂賽特！擺脱這可恥的生活！和珂賽特在一起，過自由、富裕、幸福、正直的生活！在貧困中突然看到天堂般的生活展現在面前！她呆呆地望着那人講話，只能"啊！啊！啊！"地發出兩三聲啜泣。她彎下膝頭，跪在馬德蘭先生面前，他還沒來得及阻攔，就感覺到她捧起他的手，嘴唇貼了上去。接着，她就昏倒了。

救了芳蒂娜

身份暴露

一天早晨，馬德蘭先生在辦公室裏，正忙着提前處理市政府的幾件緊急公務，這時有人進來通報，雅韋爾警探求見。聽到這個名字，馬德蘭先生不禁心頭不悅。自從警察所的那場爭執後，雅韋爾比以往更躲開他了，馬德蘭先生再沒有見過他。

"叫他進來。"他説。

雅韋爾進來了。

雅韋爾畢恭畢敬地向背朝他的市長先生鞠了一躬。市長先生沒有看他，繼續批他的案卷。

市長先生終於放下筆，半轉過身來：

"説吧！甚麼事？有甚麼事，雅韋爾？"

雅韋爾若有所思似的沉默了一會兒，然後放開嗓門，憂鬱而莊重地，但仍不失自然地説：

"市長先生，有人犯了罪。"

"甚麼罪？"

"一個下級警察嚴重地冒犯了一位行政長官。"

"這警察是誰？"馬德蘭先生問。

"是我。"雅韋爾説。

"您？"

"我。"

"那麼抱怨這個警察的長官又是誰呢？"

"是您，市長先生。"

馬德蘭先生在他的安樂椅上挺直了身子。雅韋爾神情嚴肅，始終低着腦袋，繼續往下説：

　　"市長先生，我來請求您向上級提出免我的職。六個月前，我們為那娼妓爭執之後，我非常氣憤，告了您一狀。我以為您從前是苦役犯，我早就有想法了。你們長得很像，您派人到法弗羅勒打聽情況，您腰部力大無比，福施勒旺老頭的意外，您的好槍法，您走路有點拖沓的樣子，總之，我把您當成一個叫讓·瓦讓的人了。"

　　"叫甚麼？……您説的是甚麼名字？"

　　"讓·瓦讓。二十年前我見過的一個役犯，那時，我是土倫監獄的副監守。那讓·瓦讓出獄後，好像在一個主教家裏行過竊，接着，在大路上，右手執兇器，搶劫了一個薩瓦流浪兒。八年來，他不知怎麼逃得無影無蹤，警方還在找他。我以為……總之，我做了這件事！我一氣之下，就向巴黎警察總署告發了您。"

　　"他們怎樣回答您的？"

　　"説我瘋了。"

　　"怎麼樣？"

　　"他們是對的。"

　　"您承認這點，很好啊。"

　　"我只好承認，因為真正的讓·瓦讓抓到了。"

　　馬德蘭先生手裏的卷宗掉了下來。他抬起頭，眼睛盯着雅韋爾，以難以描繪的音調"啊！"了一聲。

　　雅韋爾繼續説：

　　"事情是這樣的，市長先生。有一個叫尚馬蒂厄大

孤星淚

身份暴露

爺的老頭，是個窮光蛋。今年秋天，尚馬蒂厄大爺偷了人家釀酒的 s 蘋果，被抓住了，這壞蛋關進了監獄。在阿臘斯監獄，關着一個叫布雷韋的前苦役犯，尚馬蒂厄一到，布雷韋就喊道：'嗨！這個人我認識。您是讓•瓦讓！你在土倫監獄裏呆過。二十年前我們關在一起。'尚馬蒂厄矢口否認。人們又去土倫了解情況。除了布雷韋，只剩下兩個人見過讓•瓦讓。一個是科舍帕伊，另一個是舍尼迪厄，他們和布雷韋都認定他就是讓•瓦讓。就在這時候，我給巴黎警察總署寄出了揭發信。他們覆信說我瘋了，讓•瓦讓明明在阿臘斯的監獄裏。我寫信給預審法官，他把我叫了去，讓我見了尚馬蒂厄……"

"現在，我看見了真正的讓•瓦讓，我還是不明白我怎麼會弄錯的。我請求您原諒，市長先生。"

馬德蘭先生微微顫動了一下。

"要審理多少時間？"

"頂多一天。判決書最晚明天夜裏宣讀。但我不等宣讀，那是鐵板釘釘的事。我作完證就回來。"

"那好。"馬德蘭先生説。

他揮了揮手，讓雅韋爾退下。

馬德蘭先生聽着那堅定而自信的腳步在走廊上越走越遠，陷入了沉思。他出了市政府，就朝城市的另一頭走去，他要去一個佛蘭德斯人的家裏。那人叫斯科弗萊師傅，他出租馬匹和馬車。"斯科弗萊師傅，"他問道，"您有一匹好馬嗎？""市長先生，"佛蘭德斯人說，"我的馬都是好馬。您說的好馬是指甚麼？""一天能走二十里。""我有您需要的馬。"馬德蘭先生從錢包裏拿出三枚拿破崙金幣，放在桌上。"預付兩天的，車和馬明早四點半到我家門口。"

讀者想必已猜到，馬德蘭先生正是讓·瓦讓。

在小熱爾韋事件後他變了個人。迪涅主教對他的願望，他都不折不扣地做到了。

他成功地銷聲匿跡了。他賣掉了主教的銀器，只留下兩個燭台作紀念。他從這個城市走到另一個城市，穿過法國，最後來到濱海蒙特勒伊，過着平靜安定的生活，對未來充滿了信心，心裏只有兩個念頭：隱姓埋名，聖潔生命，避開世人，皈依上帝。

從雅韋爾來到他辦公室後講的最初幾句話中，他就隱隱約約但又非常深刻地意識到，他的內心將有一場嚴肅的鬥爭。當他聽到雅韋爾奇怪地提到那個深埋的名字，他就驚呆了，彷彿被他離奇多舛的命運弄得暈頭轉向，他在驚愕之中，渾身打了個顫，這是巨大震動的前奏。

他在聽雅韋爾說話的時候，第一個想法，便是跑去自首，救尚馬蒂厄出獄，自己去坐牢。

接着，這一切都過去了，他又對自己說："不要急！再想想！"他克制了這最初的勇敢的衝動，在英雄主義面前卻步了。

那天餘下的時間裏，他一直處於這種狀況下，外表平平靜靜，內心卻翻江倒海。

他朦朦朧朧地感到也許應該去一趟阿臘斯，雖然尚未下決心，但他心裏想，既然沒有任何人懷疑他，不妨去那裏觀看審判，於是，他租了斯科弗萊的馬車，以備不時之需。

他吃晚飯時，胃口相當不錯。回到臥室，便開始沉思默想。

他越來越驚恐不安。

直到這一天，他所做的一切，除了為實現他給自己的行動規定的嚴肅而認真的見標外，全都是為了挖一個洞，把自己的名字埋進去。當他反省的時候，在那些不眠之夜，他最怕的就是有一天可能聽到這個名字，他認為那樣他的一切也就完了；這個名字重現的那一天，他周圍的新生活，甚至，誰知道呢，他內心新生的靈魂，都會毀於一旦。他一想到有這個可能，就不寒而慄。

他繼續捫心自問。將往事的大門關閉！可是，偉大的上帝！這扇門他是關不上的！他又成為盜賊，他在盜竊另一個人的存在、生命、安寧，盜竊那人在陽光下的一席之地！他變成了殺人犯！他在殺人，在精神上把一個可憐的人殺死，讓他遭受牢獄之苦，那是生猶如死的可怕生活，是在地上而不是在地下的死亡！相反，他去自首，把那個蒙受不白之冤的人救出來，恢復自己的名字，理所當然地變成苦役犯讓·瓦讓，這才是真正的復活。

"那麼，"他說，"就這樣決定了！去盡我們的責任！把那個人救出來"。

他想，也許那一刻很難受，不過肯定會過去的，——不管命運多麼險惡，但畢竟掌握在自己手中——他自己是命運的主人。他牢牢抓住這個想法。

其實，説穿了，他根本不想去阿臘斯。

可他還是去了。

他已進了審判廳。他向前邁了一步，機械地關上門，站在那裏，端詳眼前的情景。人群中沒有人注意他。所有的目光都集中到一個點上，即庭長左側沿牆靠着一扇小門的一張木板凳。幾根蠟燭照着這木凳子，上面坐着一個人，左右各站着一個憲兵。

這個人就是那個人。他沒有尋找，就看見他了。他以為看見了自己，已經變老，倒不是面孔絕對相像，而是姿態和外表一模一樣，頭髮豎立，雙眸兇猛而惶惑，穿着工作服，同他進迪涅那天的模樣十分相似，這人看上去至少有六十歲了。他的神態有一種難以描繪的粗野、驚慌和恐懼。

他進來的時候，被告律師的辯護已近尾聲。大家的注意力高度集中。案子已審了三小時了，結束辯論的時刻到了。

庭長叫被告起立，按慣例問他：「您還有甚麼要辯護的嗎？」那人站在那裏，手裏搓揉着骯髒不堪的破帽子，彷彿沒有聽見。庭長又問了一遍。這一回他聽見了，也好像聽明白了，彷彿醒來似的動了動，舉目環視四周，開口説話了，就像是火山爆發。話語從他口中噴出來，毫不連貫，洶湧猛烈，互相碰撞，語無倫次，聲音又高又急，又嘶啞又生硬，神態惱怒、粗野和憨直。他説完後，聽眾哄堂大笑。他把目光轉向聽眾，見大家在笑，感到莫名其妙，自己也跟着笑了。

檢察官一直站着，他對庭長説：“庭長先生，被告肆意抵賴，想讓我們把他當傻瓜，我們警告他，那是癡心妄想。面對被告亂七八糟但十分狡猾的否認，我請庭長先生和法庭重新傳犯人布雷韋、科舍帕伊和舍尼迪厄，以及警探雅韋爾，讓他們就被告是不是讓‧瓦讓再作一次證。”

執達員在一個憲兵的保護下，把布雷韋帶上法庭。布雷韋六十來歲，他相貌像生意人，神情像無賴。布雷韋看了看被告，然後轉向法庭。“是的，庭長先生。是我第一個認出他來的，我現在仍然堅持。這個人就是讓‧瓦讓。”

舍尼迪厄帶了上來，他綠帽紅衣，一看便知是終身苦役犯。庭長像剛才問布雷韋那樣，問他是不是堅持説認得被告。舍尼迪厄縱聲大笑：“問我認不認得他！當然！我們鎖在同一根鐵鏈上有五年時間。”

執達員帶來了科舍帕伊。他也判了無期徒刑，和舍尼迪厄一樣，也是從牢裏提出來的，也穿着紅囚衣。庭長又提出了和前面同樣的問題。“是讓‧瓦讓，”科舍帕伊説，“他力氣很大，大家都叫他千斤頂。”

這三個人的證詞，顯然是真誠可信的，每一次作證，都在聽眾席上引起對被告不祥的議論，聽眾嘩然，連陪審團也竊竊私語了。那人肯定完了。

“執達員，”庭長説，“讓大家安靜。我要宣佈辯論結束。”

這時，庭長身旁有了動靜。一個聲音喊道：“布雷韋，舍尼迪厄，科舍帕伊！看看這邊。"

聽到這聲音的人，無不毛骨悚然，因為那聲音淒慘而可怕。大家的目光轉向發出聲音的地方。在法官後面坐着的特殊聽眾中，有一個人剛才站了起來，推開法官席和聽眾席之間的柵欄門，現在正站在大廳的中央。庭長、檢察官、巴馬塔布瓦先生，還有其他不少人都認出了他，異口同聲地喊道："馬德蘭先生！"

那人正是馬德蘭先生。書記員的燈照亮了他的臉。他臉色十分蒼白，身子微微顫抖。剛到阿臘斯時，他的頭髮還是花白的，現在全白了。這個此刻仍被大家稱做馬德蘭先生的人，已朝證人科舍帕伊、布雷韋和舍尼迪厄走了過去。

"你們認不出我來了嗎？"他説。

三個人目瞪口呆，都搖搖頭，表示不認識。科舍帕伊嚇得行了個軍禮。馬德蘭先生轉向陪審員和法官，和顏悦色地對他們説："陪審員先生，把被告放了。庭長先生，把我逮捕吧。你們要找的人，不是他，而是我。我是讓·瓦讓。"

他轉向三位苦役犯。"喂！我，我可認出你們來了！布雷韋！您還記得嗎……"他停住話頭，遲疑片刻，接着説："你還記得你在牢裏用的針織方格背帶嗎？"布雷韋似乎驚得打了個顫，神色惶恐地從頭到腳打量他。

他繼續説："舍尼迪厄，你給你自己起了個外號，叫'我否認上帝'，你的整個右肩膀重度燒傷過，因為有一天，你睡覺時把肩膀放在一大盆火炭上，想把烙

孤星淚

身份暴露

在你肩上的 T. F. P. 三個字母燒掉，可仍然看得出來。你回答，有沒有這件事？""有。"舍尼迪厄説。

他又對科舍帕伊説："科舍帕伊，你左臂的肘彎旁，有一個用熱火藥燒成的藍色日期。是一八一五年三月一日，拿破崙皇帝在戛納登陸的日期。你把袖管捲起來。"科舍帕伊捲起袖管，他周圍的人都把目光集中到他赤露的胳膊上。一個憲兵拿來一盞燈，上面確實有這個日期。

那不幸的人微笑着轉向聽眾和法官。當年目睹這個微笑的人，至今想起來心裏還不是滋味。那是勝利的微笑，也是絕望的微笑。"你們看見了吧，"他説，"我是讓·瓦讓。"

救走珂賽特

蒙費梅是一個寧靜而可愛的地方，不靠任何公路，人們過着豐盈安逸、物價低廉的鄉村生活。美中不足的是地勢高，缺少水，取水要走相當長的路。因此，對於每個家庭來說，取水是一件相當艱苦的勞動。

這正是小珂賽特怕做的活兒。孩子一想到夜裏去提水，就不寒而慄。

聖誕節那天晚上，在泰納迪埃客棧樓下廳堂裏，好幾個車夫和小販，圍坐在桌子上喝酒，珂賽特待在老地方，坐在灶間壁爐旁廚桌下面的橫檔上。她衣衫襤褸，赤腳穿着木鞋，正湊着火光，給泰納迪埃家的兩個小姑娘織毛襪。從隔壁的屋子，傳來兩個小女孩天真的歡笑聲和説話聲。那是埃波妮和阿賽瑪。

前面我們還只看到泰納迪埃夫婦的側影。現在是全面介紹這對夫婦的時候了。泰家婆娘身材高大，頭髮金黃，臉色發紅，身體肥胖，肩膀寬闊，雖然塊頭很大，卻動作敏捷。她在家甚麼都幹，整理牀鋪，打掃房間，洗衣做飯，呼風喚雨，稱王稱霸。她只有珂賽特一個傭人，一隻小老鼠侍候一隻大象。她一説話，家裏的一切，窗玻璃、傢具和人，都會震動。泰納迪埃卻身材矮小，面色蒼白，瘦骨嶙峋，看上去病懨懨的，其實身體非常好。他的奸詐就從這裏開始的。平常，出於謹慎，他總是笑容滿面，對大家彬彬有禮，即使對乞丐，也是客客氣氣，儘管一個銅板也不施捨。他目光如石貂般狡猾，但神態卻像文人那樣溫雅。他既奸詐，又沉穩，是個不露聲色的惡棍。

這個男人和這個女人，是狡詐和狂怒的結合，是醜惡和可怕組成的一對。珂賽特夾在中間，忍受着雙重壓力。那男人和那女人各自都有一套折磨的辦法：珂賽特常常捱打，這來自那女人；冬天，她光着腳去提水，這來自那丈夫。可憐的孩子逆來順受，不言不語。

突然，一個住本店的流動小販走進來，聲色俱厲地說：“你們沒給我的馬喝水。”泰家婆娘喊道：“沒名的狗小姐，快給馬送水去。”“可是，太太，”珂賽特怯生生地說，“沒有水了呀。”泰家婆娘把臨街的門打開，“那就快去打！”珂賽特低着頭，走到壁爐旁，拿起一隻空水桶。水桶比她人還高，孩子坐到裏頭，還綽綽有餘。“快去呀！”泰家婆娘喊道。珂賽特出去了，門重新合上。

泰納迪埃客棧位於教堂那一頭，因此，珂賽特要到靠謝爾那邊林中的山泉去取水。她愈往前走，黑暗愈濃。街上不再有行人。就這樣，珂賽特穿過蒙費梅村靠謝爾那頭迷宮般彎曲冷清的街道。她邊跑邊想哭，她這樣跑到了泉邊。天黑得伸手不見五指，但她常來這裏汲水，熟門熟路。她用左手在黑暗中摸索一棵小橡樹，抓住樹枝，彎下腰，將水桶沉入水中，把幾乎滿滿的一桶水提上來，放在草地上。這時，她發現自己已累得筋疲力竭。

她走了十來步，可是，水桶滿滿的，死沉死沉

的，她不得不走走停停，每停一次，桶裏的冷水都要潑出來，灑在她的光腿上。她走得很慢很慢。她焦急地想，她這樣要一個小時才能走回蒙費梅，又要捱泰家婆娘的揍了。這種焦慮的心情，與黑夜獨自在樹林裏的恐懼糾纏在一起。這個可憐的孩子絕望得禁不住大聲叫喊：啊！上帝！我的上帝！

突然，她感到水桶不重了。一隻手，她感到一隻巨大的手，抓住了水桶把手，用力提了起來。她抬起頭。黑暗中，有個高大直立的黑影走在她身旁。那是個男人，他從後面走到她身邊，可她沒有聽見。那人一聲不響，抓住了她手中水桶的提手。孩子沒有害怕。

那人同她攀談。

"孩子，您提的東西對你太重了。"

珂賽特抬起頭，回答說：

"是的，先生。"

"給我吧，"那人又說，"我幫您拿。"

珂賽特放開水桶。那人開始和她並肩而行。

"孩子，你幾歲了？"

"八歲，先生。"

那人沉默了一會兒，突然又問：

"你沒有母親？"

"不知道。"孩子回答。

"我想沒有。其他孩子有，我沒有。"

"你叫甚麼？"

"珂賽特。"

那人好像被電擊了一下。他又看了看她，然後，將手從珂賽特肩上抽回來，抓起水桶，繼續往前走。

"孩子，你住在哪裏？"

"蒙費梅，假如您認識的話。"

"我們去那裏嗎？"

"是的，先生。"

他又停了一會，爾後又説：

"誰讓你這時候到林子裏來提水的？"

"泰納迪埃太太。"

"泰納迪埃太太是幹甚麼的？"

"她是我東家，"孩子説，"開客棧。"

"客棧？"那人説，"那好，今天我上那裏過夜，帶我去。"

不一會兒，他們就到了小客棧門口。門開了，泰家婆娘拿着蠟燭出現了。

"哇！是你，小要飯的。感謝上帝！你去了這麼久！這死丫頭，她玩夠了！"

"太太，"珂賽特戰戰兢兢地説，"這個先生要住宿。"

泰家婆娘馬上將怒容換上笑臉，急切地用眼睛尋找新來的客人，"是這位先生嗎？"她説。

"是的，太太。"那人將手舉到帽邊，回答説。

有錢的旅客不會這樣禮貌。泰家婆娘眼見這個動作，又將那人的裝束和行李仔細打量一番，便收去笑容，重新換上陰沉的面孔。她冷冷地説：

"進來，老頭。"

翌日清晨，離天亮至少還有兩個鐘頭，泰納迪埃就來到樓下廳裏了。他伏在一張桌子上，湊着燭光，手裏拿着筆，正在給穿赭色大衣的客人編造賬單。他剛走出廳堂，那旅客就進來了。泰納迪埃立即跟在他後面回來了，一動不動地呆在半開的門口，只有他妻子看得見。

"起這麼早？"泰家婆娘説，"先生要走了嗎？"

旅客好像心事重重，心不在焉。他回答："是的，太太。我要走了。我該付多少錢？"

泰家婆娘沒有做聲，只把摺着的賬單遞給他。那人打開紙，看了看，但顯然心不在焉。

"太太，"他又説，"在蒙費梅，你們生意好做嗎？"

"湊合吧，先生。"泰家婆娘回答。她用一種哀慟的語調繼續説："啊！先生，日子艱難哪！再説，在我們這個地方，有錢人很少！我們的負擔可重呢。您瞧，這個丫頭要花我們多少錢哪！"

"哪個丫頭？"

"就是那個丫頭，您知道！珂賽特！大家叫她百靈鳥。您瞧，先生，我們不求別人施捨，但也沒能力施捨別人。我們掙得不多，可開銷卻很大。再説，我自己有兩個女兒。我不需要養別人的孩子。"

那人盡量以一種平靜的，但仍不免帶點顫抖的聲音繼續説："要是讓您擺脱負擔呢？"

"擺脱誰？珂賽特？"

"是啊。"

老闆娘那張兇狠的紅臉，頓時眉開眼笑，令人作嘔。"啊，先生！我的好先生！要了她吧，留下她吧，領走她吧，帶走她吧，給她加點糖，給她配上香菌，喝了她，吃了她，願仁慈的聖母和天國的所有聖人保佑您！"

"説定了。"

"真的？您帶她走？"

"我帶她走。把孩子喊來。"

"珂賽特！"泰家婆娘喊道。

"等等，"那人説，"先讓我把賬付清。多少？"他掃了一眼賬單，不禁大吃一驚："二十三法郎！"外鄉人把五枚五法郎的硬幣放在桌上。"去把孩子找來吧。"

這時，泰納迪埃走到屋子中間，説："先生還要付二十六蘇。"

"二十六蘇！"那女人驚叫起來。

"房間二十蘇，"泰納迪埃沉着地説，"晚餐六蘇。至於孩子，我要和先生談一談。老婆，你走開一下。"泰家婆娘心頭一亮。她感到大演員登場了，便一聲不吭地退下了。

剩下他們倆時，泰納迪埃請客人在一張椅子上坐下。"先生，"他説，"聽着，我有話要對您説。這個孩子，我很疼愛她。説來可笑！我很喜歡她。這些錢算甚麼！您把一百蘇的銀幣收回去。我喜歡的是孩子。"

"哪個孩子？"外鄉人問。

"哎，我們的珂賽特！您不是想把她從我們身邊帶走嗎？好吧，我實話實説，我不能同意。這孩子，她走了，我會想念的。她來的時候，一點點大。她是要花我們的錢，她是有缺點，我們是不富裕，她生一次病，我們是花了四百法郎為她買藥！可是，她沒爹沒媽，我把她拉扯大，彼此都有了感情。我老婆脾氣不好，可她也愛她。您瞧，她就是我們的親生孩子。"

外鄉人一直目不轉睛地凝視他。他繼續往下說："對不起，請原諒，先生，誰也不會把自己的孩子隨隨便便送給一個過路客。不過，您有錢，您看起來是好人，這也許對她是件好事呢？可是，總得弄弄清楚吧。您懂嗎？假如說我讓她走，我作些犧牲，我也想知道她去哪裏，我不想她在我眼中消失，我想知道她去的是誰家，我就可以常去看看她，好讓她知道她的好養父沒有忘記她，還在關心着她。我連您的名字都不知道。至少得看一看舊證件、舊護照甚麼的吧。"

外鄉人一直注視着他，那目光可以說直透他的內心深處。他以嚴肅而堅定的口吻回答說："泰納迪埃先生，巴黎到這裏才五里路，不用帶證件。如果說我想帶走珂賽特，我就會把她帶走，就這樣。您不會知道我的名字，您不會知道我的住處，您不會知道她在哪裏。我的想法是，她今生今世不再見到您。我斬斷捆在她腳上的繩子，讓她離開這裏。這樣行不行？表個態。"

泰納迪埃明白，他這次是棋逢對手了。他認為現在該單刀直入了，於是他亮出了底牌。"先生，"他說，"我要一千五百法郎。"

外鄉人從側袋裏掏出一個舊黑皮夾，打開來，抽出三張鈔票，放在桌上。然後，他把粗壯的大拇指按在鈔票上，對店主說："把珂賽特叫來。"

不一會兒，珂賽特進了樓下的廳堂。外鄉人拿起帶來的包袱，把它解開。裏面裝着八歲孩子的全套衣服：一條毛料小連衣裙、一條圍裙、一件粗斜紋布內衣、一條襯裙、一條披巾、一雙毛襪、一雙皮鞋。全都是黑的。"孩子，"那人說，"把這拿去，快穿上。"

天亮了，蒙費梅的居民陸續打開大門，看見通往巴黎的街上走過一個衣衫襤褸的老頭，手裏牽着一個小女孩，那女孩穿着喪服，懷裏抱着個粉紅大布娃娃。他們朝利弗里的方向走去。那是我們說的那個人和珂賽特。誰也不認識他。至於珂賽特，她已煥然一新，沒多少人認出她來。

珂賽特走了。同誰？她不知道。去哪裏？她不知道。她所知道的，就是她從此離開了泰納迪埃客棧。沒有人想到同她告別，她也沒想到和誰告別。她走出了這個她受憎恨和她所憎恨的家。珂賽特神情嚴肅地往前走，她不時望望那老頭。她感到自己好像在上帝身邊。

趣味重溫（1）

一、你明白嗎？

1. 讓·瓦讓在化身為馬德蘭先生時期，給濱海蒙特勒伊城做了許多貢獻。請將他所做善事相對應的內容連接起來。

工廠　　　　　　　　　　　增設十個牀位

醫院　　　　　　　　　　　設立男女車間

學校　　　　　　　　　　　開設免費藥房

為殘廢工人　　　　　　　　建造兩幢校舍

為窮苦家庭　　　　　　　　設立救濟金

2. 芳蒂娜的悲劇，是多方面的原因造成的，許多人都直接或間接地促成了她人生的悲劇。試根據小說的內容，選擇對應的答案。

> a. 泰納迪埃夫婦　　b. 托洛米埃　　c. 車間女監工
> d. 巴馬塔布瓦　　e. 代書人、長舌婦

ⅰ. 玩弄，遺棄　　　　　　　　　　　　　　（　　）

ⅱ. 欺騙，逼債　　　　　　　　　　　　　　（　　）

ⅲ. 揭露她的秘密　　　　　　　　　　　　　（　　）

ⅳ. 開除，使她失去工作　　　　　　　　　　（　　）

ⅴ. 辱罵，毆打　　　　　　　　　　　　　　（　　）

二、想深一層

1. 讓·瓦讓在迪涅投宿時，大家都不肯收留他，是因為　　（　　）

   a. 讓·瓦讓面容兇狠

   b. 讓·瓦讓沒錢

   c. 人們對苦役犯的偏見

   d. 讓·瓦讓沒有身份證明

2. 主教在招待讓・瓦讓晚餐時，要求馬格盧瓦太太擺上銀燭台和銀餐具，是因為　　　　　　　　　　　　　　　　　　　　（　　）

   a. 把讓・瓦讓當成客人看待

   b. 體現主教的身份

   c. 提高情趣，顯示奢華

   d. 主教習慣使用銀器

3. 讓・瓦讓從主教家出來後，為何又在田野裏搶劫了小熱韋爾的四十個蘇？　　　　　　　　　　　　　　　　　　　　　　　　（　　）

   a. 抗拒主教對他的感化

   b. 思想混亂中的習慣和本能

   c. 貧窮急需要錢

   d. 小熱韋爾觸怒了他

4. 馬德蘭先生為甚麼從來不去女車間，而是交給一個老姑娘全權負責呢？　　　　　　　　　　　　　　　　　　　　　　　　（　　）

   a. 事務繁忙

   b. 怕被人認出身份

   c. 信任這個老姑娘

   d. 謹守貞潔正派的作風

5. 芳蒂娜為甚麼會把珂賽特寄放在泰納迪埃家呢？　　　　　（　　）

   a. 泰納迪埃家境寬裕

   b. 泰納迪埃家的兩個女兒被照顧得很好

   c. 泰納迪埃夫婦看上去很善良

   d. 珂賽特與泰納迪埃的女兒相處友好

6. 人們將尚馬蒂厄伯伯錯認為讓·瓦讓的原因不包括以下哪項？（　　）

    a.　二人的神情和外表相似

    b.　二人的出身和經歷相似

    c.　尚馬蒂厄犯了偷竊的罪行

    d.　尚馬蒂厄拿不出為自己辯護的證據

7. 馬德蘭先生在法庭呆了一個鐘頭，頭髮就全白了，是因為　　（　　）

    a.　心情非常緊張

    b.　害怕自己再被逮捕

    c.　內心鬥爭異常激烈

    d.　害怕成為尚馬蒂厄那樣的人

三、延伸思考：

1. 讓·瓦讓在蒙特勒伊城呆了多年，而且並非隱居，為甚麼他的苦役犯的身份一直沒有被發現呢？如果在尚馬蒂厄案件中他不去自首，那麼他的身份是否一直不會被識穿？

_____

_____

_____

_____

_____

_____

_____

_____

_____

2. 在讓・瓦讓離開蒙特勒伊城之后，整個城市就貧窮破落了。那麼，為了大眾的利益，他是否不應該暴露身份呢？你怎麼看待他的選擇呢？

_____

_____

_____

_____

_____

_____

_____

_____

3. 有人認為，芳蒂娜是由於愛錯了托洛米埃，將孩子錯託了泰納迪埃夫婦，因為她的行為不檢和所託非人而釀成了自身的悲劇。你怎樣看待這個觀點呢？

_____

_____

_____

_____

_____

_____

_____

_____

_____

_____

愛和寬恕

　　《孤星淚》中，有兩個人與主角讓·瓦讓關係緊密、終身相隨。一個是米里埃主教，一個是警官雅韋爾。

　　米里埃主教，他生活清苦，慈悲為懷，將自己的府第讓給醫院，將自己的俸祿幾乎全部贈給窮人，用獻身真理的精神感化了一個兇殘的匪幫。他是讓·瓦讓出獄後惟一願意收容他的人，在讓·瓦讓偷走他的銀器後，還為他開脫，送他燭台。他以愛心和寬容轉瞬間感動了讓·瓦讓，也就此改變了讓·瓦讓的一生，使他擺脫了兇狠殘暴的野蠻心情而立志向善，他的善行仁心是讓·瓦讓後半生的精神支柱。

　　警官雅韋爾是一個複雜的人。他就像是一個恐怖的靈魂，追逐了讓·瓦讓一生，使讓·瓦讓時刻生活在逃離與恐懼中。但從另一面來看，他也是一個正義的堅持者和頑固者，他所做的只不過是堅守職責。為了將讓·瓦讓這個在逃犯抓捕入獄，他不惜裝扮成乞丐偵查情報，甚至放棄了升官的機會。然而讓·瓦讓的善行感動了他，尤其是讓·瓦讓以德報怨的犧牲精神，讓他的良心受到極大的震動。良知與職責相矛盾，使得雅韋爾內心產生了無邊無際的痛苦，在激烈的內心矛盾中，他終於跳進夜色中的塞納河自殺了。

　　主教信奉的是上帝，他用道德感

化和博愛喚醒了讓·瓦讓的良知，使他成了真正的人。雅韋爾信仰的是法律，他原要將讓·瓦讓抓捕，最終卻被讓·瓦讓感化，他的人性也在善的召喚下復蘇了。

著名作家梁曉聲寫過一篇文章，談到雅韋爾的命運，文中指出雅韋爾投河自殺是雨果設計的一個過於理想化的結局，因為雅韋爾純粹是法律的工具，被社會秩序異化得毫無人性，不可能因為讓·瓦讓救了他就被感動，更不可能為此走到自殺這一步。作家還為雅韋爾設計了幾種命運。

雅韋爾自殺的結局是否過於理想化呢？也許有一點，但也不全是。這要結合他的成長歷程來看。雅韋爾出生在監獄，母親是一個用紙牌算命的，而父親也是苦役犯，一個從監獄走出的孩子變成了向監獄投放犯人的長官，是甚麼讓命運戲劇地扭曲過來的？

他長大成人後，對上層階級的尊敬和對下層人民的憎惡根深蒂固，在他的心目中，正義和邪惡成了兩個極端。在他最終寬恕讓·瓦讓那一刻，他徹底顛覆了自己的信仰。

《孤星淚》自始至終貫穿着愛、罪惡以及自我救贖的主題，人的本性是善良的，但是在生活中卻要經受苦難，要不斷抗拒罪惡。法律可以懲罰罪惡，卻不能救贖良知，只有人道主義的道德力量，才可以感化人心。在作者看來，最高的法律是良心。

與珂賽特隱居在修道院裏

　　讓‧瓦讓從未愛過。二十五年來，他形影相弔，孑然一身。他從未做過父親、情人、丈夫、朋友。

　　這個老苦役犯的內心，是感情的空白。他的姐姐，以及姐姐的孩子，只留給他模糊而遙遠的記憶，最後蕩然無存了。他曾想方設法尋找過他們，但沒找着，也就把他們都忘了。

　　當他看見珂賽特，當他得到了她，把她帶走，使她跳出魔窟時，他內心的所有深情和愛心都蘇醒過來，湧向孩子。

　　他這是第二次體會到純潔和無邪。迪涅的主教給他指明了美的前景，珂賽特則使他看到愛的黎明已在天際升起。

與珂賽特隱居在修道院裏

　　至於珂賽特，這個可憐的小傢伙！母親離開她時，她還很小，她已記不得母親了。她和其他孩子一樣，曾試着去愛別人。她沒有成功。所有人都排斥她，她才八歲，卻已心如死灰。因此，從第一天起，她把她所有感情、所有的思想，全都用來愛這個老人。

　　讓‧瓦讓和珂賽特之間相差五十歲，自然有道深深的鴻溝，可命運卻將這鴻溝填平了。命運以不可抗拒的力量，將這兩個無家可歸、年齡懸殊、都很悲慘的人，驟然撮合一起，他們互相補充。珂賽特本能地想找一個父親，讓‧瓦讓則本能地想找一個孩子。當這兩顆心互相發現時，就感到互相需要，於是緊緊地擁抱一起。

讓・瓦讓選擇了一個很好的藏身之地。在這裏，他似乎絕對安全。

他和珂賽特住在帶小室的房間裏，有一扇臨街的窗戶。這是整座房子唯一的窗戶，不必擔心鄰居窺視，無論是旁邊，還是對面。

一週又一週過去了。這兩個人，在這寒磣的小屋裏，過着幸福的日子。

那位"二房東"老太太心胸狹窄，總用羨慕的目光看周圍的人，對讓・瓦讓非常注意，可讓・瓦讓毫無覺察。一天，這個長舌婦窺見讓・瓦讓把大衣下襬一個角上的裏子拆開一個口子，從中抽出一張發黃的紙，老太太嚇了一跳，原來是一張一千法郎的鈔票。這種鈔票，她有生以來才看到一兩回，她嚇得逃跑了。

這張一千法郎的鈔票，被她添油加醋評述一番後，成了聖馬塞爾葡萄園街的長舌婦們議論的中心。

此外，她還發現，他的衣袋裏裝着各式各樣的東西，不僅有她那天看見的針線和剪刀，還有一個很大的皮夾子、一把很大的刀。另外，她還發現了一些可疑的東西。那就是幾個顏色各異的假髮。這件大衣的每一隻口袋，似乎都裝有應付不測的物品。

這幢破屋裏的居民就這樣迎來了冬末。

一天傍晚，他在房裏大聲教珂賽特拼讀，忽聽見有人上樓來。讓・瓦讓屏息靜聽。腳步很重，像是男人走路的聲音。他吹了蠟燭。

這時，腳步聲停止了。過了相當長的時間，他聽不見任何動靜了，才輕輕轉過頭，舉目朝房門口望去，只見鎖孔裏有亮光。肯定有人拿着蠟燭，呆在門口偷聽。

讓·瓦讓和衣倒在牀上，一宵沒有合眼。

天快亮時，他疲憊得昏昏欲睡，忽然被吱呀的門聲驚醒。接着，他又聽見和昨夜上樓相同的男人腳步聲。他跳下牀，將眼睛貼在鎖孔上。果然有個人從讓·瓦讓房門口經過，樓道裏依然很暗，看不清那人的面孔。不過，當他走到樓梯口時，從外面射進來的一縷光線照亮了他的身影，讓·瓦讓看見了他整個背影。那人個頭很高，穿着長大衣，腋下夾着短木棍。一看這嚇人的外表，便知是雅韋爾。

傍晚時分，他下了樓，到林蔭道上四下張望，一個人也沒看見。大街上似乎渺無人跡。當然，也許有人躲在樹後面。

他回到樓上。

"過來。"他對珂賽特說。他拉起珂賽特的手，一道出去了。

讓·瓦讓在穆夫塔區迷宮般的小巷裏繞了好幾圈，每次的路線都不相同。

當聖蒂安·杜蒙教堂敲響十一點時，他正從蓬圖瓦兹街十四號門前經過，那裏是警察分署。他回過頭來，藉着警察分署門口的路燈，清楚地看到後面跟着三個人，就在街道黑暗的一側，離他相當近，正從路燈下魚貫而過。打頭的那個人，他覺得非常可疑。

孤星淚

與珂賽特隱居在修道院裏

"跟上，孩子。"他對珂賽特說。他急忙離開蓬圖瓦茲街。

月亮把皎潔的光灑在街口。讓·瓦讓躲進一個門洞裏，心想，如果那幾個人還跟着，當他們從月光下經過，他就能看清他們。

果然，不到三分鐘，他們就出現了。他們現在是四個人，個個高頭大馬，穿着棕色長大衣，戴着圓帽，拿着粗棍。

走到街口中間，他們停下來，圍在一起，好像在商量甚麼。像是領頭的那個人轉過身，右手斬釘截鐵地指了指讓·瓦讓所在的方向，另一個好像固執地指了指相反的方向。第一個人轉過頭來時，月光照亮了他的臉。讓·瓦讓清楚地認出是雅韋爾。

看來，雅韋爾對這迷宮瞭如指掌，已採取措施，派人守住出口了。他看看讓羅死胡同，一堵牆擋住去路。他又看看小皮克皮斯街，那裏有人把守。往前走，會落入那人的魔爪；往後退，將投入雅韋爾的虎口。讓·瓦讓感到有張網在緩緩向他收攏。他絕望地看看天空。

一棵菩提樹從斜壁上伸出枝椏，靠波隆索街那邊的牆上爬滿了常青藤。這幢房屋顯得冷冷清清，像是無人居住，這對身處絕境的讓·瓦讓來說，頗有誘惑力。他把房子迅速掃視了一遍，他想，若能潛入屋裏，或許能死裏逃生。他有了個主意，也產生了一絲希望。

他解開領帶，放在珂賽特胳肢窩下面，輕輕繞過身子，注意不碰傷她，然後把領帶繫在繩子的一端，打了個海員們所謂的燕子結，用牙齒咬住繩子的另一端，脫掉鞋襪，扔過牆頭，登上台基，開始攀登兩牆交會的凹角，那樣穩健，那樣自信，彷彿腳下和肘下有梯階似的。不到半分鐘，他已跪在牆頭上了。

珂賽特呆呆地看着，一句話也不說。讓·瓦讓一把抓住她，放到背上，左手握住她的兩隻小手，匍匐爬到斜壁上。果不出他所料，那裏有一個建築物，屋頂從那木板門高處延伸出去，緩緩下降，屋簷離地面很近，屋頂挨着那棵菩提樹。讓·瓦讓扶着珂賽特，順着屋頂滑下去，滑到菩提樹旁，縱身跳到地上。也許是恐懼，也許是勇敢，珂賽特沒有出聲。她的兩隻手擦破了一點皮。

讓·瓦讓到了一個園子裏。園子很大，形狀怪異，陰森淒然。珂賽特瑟瑟發抖，緊緊靠着他。只聽見巡邏隊搜索死巷和街道的喧鬧聲，槍托敲擊石頭的噹啷聲，雅韋爾對佈置在路口的密探的吆喝聲，及他模糊不清的咒罵聲和説話聲。過了一刻鐘，這種暴風雨般的嘈雜聲漸漸消失。讓·瓦讓仍不敢呼吸。他的手一直輕輕按在珂賽特的嘴上。

驀然，在這幽靜中升起了另一個聲音，一種柔和美妙、難以描繪的聲音，多麼悦耳動聽，正如剛才的喧鬧聲多麼可怕。那是一曲聖歌，從黑暗中裊裊升起，在萬籟俱寂的黑沉沉的深夜，祈禱聲與和聲匯成眩目的光輝。珂賽特和讓·瓦讓跪下祈禱。

歌聲停止了。四周復歸沉寂。孩子頭枕石頭睡着了。他在沉思中，聽到了一種奇怪的聲音，已響了一會兒了。好像有人在搖鈴鐺，是從園子裏發出的。讓‧瓦讓聞聲回過頭去。他定睛細看，見園子裏有人，好像是一個男人，在瓜田的育秧罩之間走動，時而直起身，時而彎下腰，走走停停，動作很有規律，那人好像是瘸子。

他徑直朝他望見的園子裏的那個人走去，手中捏着從背心兜裏掏出的一捲錢。那人正低着頭，沒看見他過來。讓‧瓦讓幾步跨到他跟前，大聲對他說："一百法郎！"那人嚇了一跳，抬起頭來。"今天夜裏您讓我借宿的話，"讓‧瓦讓又說，"您可以掙一百法郎！"月光照亮了讓‧瓦讓驚慌失措的臉。

"呀！是您，馬德蘭老伯！"那人說。這個名字在這幽黑的深夜，在這陌生的地方，被這陌生人這樣喊出來，嚇得讓‧瓦讓連連後退。他甚麼都預料到了，就沒想到會這樣。同他說話的，是個腰駝腿瘸的老頭，衣着像個農民，左膝蓋上綁着皮護膝，掛着一個相當大的鈴鐺。他的臉背着月光看不清。

"您是誰？這是一幢甚麼房子？"讓‧瓦讓問。

"啊！老天！您太過分了！"老頭嚷道，"是您把我安頓在這裏的，這房子是您介紹我來的。怎麼！您認不出我了？"他轉過身，一道月光照亮他的側面，讓‧瓦讓認出是福施勒旺老頭。讓‧瓦讓想起來了。兩年前，福施勒旺老頭被大車壓斷了腿，經他推薦，到聖安托萬區的這個女修院當了園丁。

福施勒旺又說："您怎麼能進來的，您，馬德蘭老伯？您儘管是聖人，但您是男人，男人是進不來的。"

"可您在這裏呀。"

"就我一個男人。"

"不過，"讓·瓦讓又説，"我得留下來。"

"啊，上帝！"福施勒旺驚叫起來。

讓·瓦讓走近老頭，嚴肅地對他説："福施勒旺老爹，我救過您的命。"

"是我首先想起來的。"福施勒旺回答。

"那好，我從前為您做的，今天您可以為我做一次。"

福施勒旺用顫顫巍巍滿是皺紋的雙手，握住讓·瓦讓那雙健壯的手，幾秒鐘説不出話來。最後他大聲説："啊！如果我能回報您一次，那是仁慈的上帝對我的恩寵。我！救您的命！市長先生，您要我這老頭幹甚麼，儘管吩咐！"

"好，"讓·瓦讓説，"現在我要您做兩件事。"

"哪兩件，市長先生？"

"第一，不要把您知道的關於我的情況告訴任何人。第二，不要問更多的情況。"

"我依您。我知道，您不會做壞事，您從來都是替上帝行事。再説，是您把我安頓在這裏的。這與您有關。我聽您的吩咐。"

這個女修院已在小皮克皮斯街存在多年了。它是聖伯爾納教派的一個修女團體，屬於馬丁·維修爾加修會。只有一個男人可以進這個女修院，那就是本教區的大主教。還有另一個男人，那就是園丁。不過，總

孤星淚

與珂賽特隱居在修道院裏

是一個老頭。園丁的膝頭上繫一個鈴鐺，以便他在園子裏時，永遠只有一個人，修女們聞聲避之夭夭。

讓·瓦讓——按福施勒旺大爺的說法，"從天上掉下來"時，正是掉進了這家修道院。

他在波隆索街的拐角處翻牆進入園子。他在深更半夜聽見的天使的聖歌，是修女唱的晨經；那使他深感意外的鈴鐺，是繫在福施勒旺膝上的園丁的鈴鐺。

讓·瓦讓心裏只有一個念頭，那就是留在裏面。這個修院既是最危險又是最安全的地方。說最危險，是因為任何男人不得入內，一旦被發現，便是現行罪犯，讓·瓦讓從修道院到監獄只差一步；說最安全，是因為只要能被接受，並能住在裏面，誰會到這裏來找他呢？住在一個不讓住的地方，便能得救。

福施勒旺腦袋裏也在翻騰。他開始納悶這是怎麼回事。圍牆這麼高，馬德蘭先生如何會在這裏？修道院的圍牆是不可逾越的。帶着個孩子，他是怎麼進來的？抱着孩子，如何翻得過一道陡牆，這孩子是誰？他們倆是從哪裏來的？

福施勒旺試着作各種猜測，越猜越糊塗，不過，有一點他是清楚的：馬德蘭先生救過我的命。明確這一點就夠了。他下了決心。他心裏想道：該我報恩了。他還想道：馬德蘭先生鑽到車子底下救我時，沒有像我這樣考慮再三。他決定救馬德蘭先生。

福施勒旺在修道院已呆了兩年了，贏得了大家的信任。他勤勤懇懇，足不出戶，除非果園和菜園裏有事要辦。他謹慎小心，大家感激他。年邁，腿瘸，眼瞎，還有點耳聾，優點數不勝數！很難找到人替代他。

那老頭自覺深受器重，非常自信，便以鄉下人的嘮叨，對尊敬的院長嬤嬤開始了一番長篇大論，他囉囉嗦嗦。講他年事已高，身有殘疾，年齡太大，往後更會力不從心，工作的要求越來越高，園子那樣大，夜裏還得起牀幹活。最後，他說，他有個兄弟年紀不輕了，院長願意的話，他這個兄弟可來同他一起住，幫幫他的忙，他是個出色的園丁，在修院裏能派上用場，比他更有用；否則，假如院方不要他兄弟，他這個當哥哥的，感到年老體弱，幹活力不從心，只好遺憾地離開這裏了；他兄弟有個小女孩，他要帶來，讓她在修道院裏，在上帝的身邊成長，誰知道呢，也許有一天她會成為修女。

他講完後，院長對他說："福旺大爺，我對你很滿意，明天把你的兄弟帶來，叫他把他的女兒也帶來。"

第二天，園子裏果然響起兩個鈴鐺聲，修女們禁不住掀起面紗的一個角。她們看見，在園子盡頭的樹底下，兩個男人肩並肩地在翻地，福旺和另一個。這可是件大事。沉默打破了，大家議論：這是園丁的助手。

議事嬤嬤補充説："這是福旺大爺的弟弟。"

果然，讓·瓦讓合法地安頓下來了。他有皮膝帶和鈴鐺。從此以後，他是正式園丁了。他叫于爾蒂姆·福施勒旺。

珂賽特作為受接濟的學生，到寄宿學校讀書。

對讓·瓦讓來説，這修院好比是四周佈滿深淵的孤島。這四堵圍牆從此成了他的世界，在裏面看得見天空，這足以使讓‧瓦讓心境恬靜，使珂賽特幸福快樂。

　　讓‧瓦讓重新過起了愉快的生活。他心中萬分感激，他對上帝的愛與日俱增。這樣幾年過去了，珂賽特一天天長大。

珂賽特的戀愛

　　吉諾曼先生是地道的略帶傲氣的十八世紀的資產階級，死抱着舊式資產階級的派頭不放，如同侯爵死抱住侯爵爵位一樣。他年逾九十，走路步履穩健，説話聲音洪亮，視物眼明目清，他能喝，能吃，能睡，睡着了還打呼嚕。

　　他有過兩個妻子。與第一個妻子生了個女兒，至今未嫁。同第二任妻子又生了個女兒，活到三十歲便去世了。這第二個女兒，或出於愛，或出於偶然，或出於其他原因，嫁給了一個走運的士兵，他先後在共和國和皇帝的軍隊裏服過役，在奧斯特里茨戰役中得過十字勳章，在滑鐵盧戰役中晉升為上校。"這是我家的恥辱。"吉諾曼先生如是説。

　　吉諾曼先生同女婿毫無來往。在他眼裏，上校是"強盜"，在上校眼裏，他是個"老傻瓜"。雙方事先明確談妥，蓬梅西永遠不能見兒子，也不能同他説話，否則就把孩子趕走，並剝奪其繼承權。對於吉諾曼一家，蓬梅西是瘟神。他們想按自己的方式撫養孩子。

　　那孩子叫馬里尤斯，只知道自己有個父親，其他一無所知。馬里尤斯剛滿十七歲時，他第一次，也是最後一次看見這個人。這個人是他的父親，這個人已經死了。

　　馬里尤斯從小養成了做彌撒的習慣。一個星期日，他到聖蘇皮斯教堂那座小時候姨媽常帶他去的聖母堂做彌撒。那天，他無意中來到一根柱子後面，跪到一張烏德勒支絲絨椅上。彌撒剛開始，一個老頭便走過來，對馬里尤斯說：“先生，這是我的位子。”

馬里尤斯趕緊讓位，老人坐到椅子上，對他說：“對不起，先生，我得向您解釋一下。您瞧，我喜歡這個位子。我覺得，這是望彌撒的最佳位子。為甚麼呢？我來告訴您。過去多少年間，每隔兩三個月，我總能看見一位可憐的父親來到這個位子上，他沒有別的機會和辦法看見兒子，因為家裏事先說好，不讓他見孩子。那父親躲在這根柱子後面，不讓人看見。他望着孩子，邊望邊流淚。這個可憐人，太愛他的孩子了！這被我發現了。我感到這個地方變得神聖了，於是，我養成習慣，到這裏來望彌撒。說起來，我對這個不幸的先生多少有點了解。他有一個岳父、一個有錢的大姨子。他們威脅說，如果他這位當父親的想見兒子，就剝奪孩子的繼承權。為了兒子的幸福，為了他有朝一日能成為有錢人，他只好作出犧牲。是因為政治觀點，人們把他們拆散的。上帝！就因為參加過滑鐵盧戰役！就把父親和兒子分開。他是波拿巴的上校。我想他死了。他叫蓬馬里，或蒙佩西甚麼的。對了，他臉上有道漂亮的刀疤。”

• 77

“蓬梅西？”馬里尤斯臉色刷地變白。

“對。蓬梅西。您認識他？”

“先生，”馬里尤斯說，“他是我父親。”

馬里尤斯走了三天，然後回到巴黎，直接去法學院的圖書館。他讀了《箴言報》，讀了有關共和國和拿破崙帝國的所有歷史資料、《聖赫勒拿島回憶錄》以及其他各種回憶錄、報紙、戰報、宣言。他如飢似渴，飽覽一切。他對父親有了充分的了解，他卓越、高尚、溫和，既是勇猛的獅子，又是溫馴的羔羊。馬里尤斯狂熱地愛上了父親。

愈是懷念他的父親，他就愈加疏遠他的外祖父。每每想起是吉諾曼先生出於愚蠢的動機，冷酷無情地把他從上校身邊奪走，使父親失去孩子，孩子失去父親，每每想起這個，心中便會生出一種難以名狀的反抗衝動。馬里尤斯最終離家而去。

他走出了最狹窄的隘道，前面的路漸漸變得寬闊。他勤奮工作，無所畏懼，堅韌不拔，意志堅強，終於每年能有大約七百法郎的收入。他學會了德語和英語，庫費拉克把他介紹給開書店的朋友，寫寫新書介紹，譯譯報刊文章，給出版物搞搞註釋，編編人物傳記，等等。他靠這筆收入生活，日子過得還不錯。

這時候，馬里尤斯已長成漂亮小伙子了。他中等身材，頭髮又濃又黑，額頭高高，充滿智慧，鼻孔張開，充滿熱情，神態真誠而冷峻，整個臉上洋溢着說不出的高傲、沉思和天真。

在盧森堡公園，沿着苗圃護牆，有條僻靜的小路，那裏有一張長凳，一年多來，馬里尤斯注意到，有個男人和一個女孩幾乎每次都是並肩坐在那條長凳上。馬里尤斯散步時只管沉思默想，卻也會信步走到那條小路上，幾乎每次都能遇到這一老一少。男的看上去六十來歲，神態憂鬱而嚴肅，就像退役軍人，全身透着健壯和疲勞。他慈眉善目，卻很難接近，從不將目光和別人的目光接觸。他穿一條藍長褲和一件藍緊腰大衣，戴一頂寬邊帽，衣帽看上去總是新的，繫一條黑領帶，穿一件公誼會教徒穿的，也就是説一件白得耀眼，但卻是粗布的襯衣。他的頭髮雪白雪白。

那女孩子看上去只有十三四歲，瘦得形容醜陋，且神情笨拙，毫無吸引人的地方，惟有一雙眼睛可望變得相當漂亮。她的穿戴像修道院寄宿生，老氣橫秋，又未脱稚氣，那件黑粗毛呢連衣裙，穿着很不合身。他們看上去像是父女。

馬里尤斯總要到這條小路上散步，習慣已成自然。這樣，在第一年中，馬里尤斯幾乎天天在同一時間裏看見他們。他覺得那男的看上去挺順眼，但女孩不討人喜歡。

第二年，馬里尤斯自己也不知道為甚麼，突然中斷了在盧森堡公園散步的習慣，差不多六個月沒有涉足那條小路。一天，他終於又來了。那是夏日一個晴朗的上午，馬里尤斯心曠神怡。他徑直朝"他的小路"走去，走到盡頭，發現他認識的那對父女仍坐在那張長凳上。不過，當他走近時，發現那男的還是那個男人，可那女孩似乎不是從前那個女孩了。

他看見的是一個亭亭玉立的美麗姑娘，仍散發着少女特有的最天真爛漫的風姿，但已具有女人特有的千嬌百媚的形體。而且，她不再是戴長毛絨帽、穿粗毛呢裙、着小學生鞋、兩手凍得通紅的寄宿生了。她穿戴漂亮起來，優雅的打扮既樸素，又華貴，毫不矯揉造作。至於那男人，仍是老樣子。

　　馬里尤斯從長凳跟前經過，少女抬頭看他，四目相遇。這是一種奇異的閃光。在這柔情似水、無法抵禦的目光中，凝聚着萬般純潔和熱情，頃刻之間，它使人們心中開出奇香異毒的深暗色花朵，人們稱之為愛情。這下全完了，馬里尤斯愛上一個女人了。

　　整整一個月過去了。馬里尤斯天天去盧森堡公園。馬里尤斯心花怒放。他相信那少女在注意他。他終於有了膽量，他朝那張長凳走去。他認為決不能引起“父親的注意”。他挖空心思，不擇手段，在那些樹木和雕像基座後面，選擇了一個個觀測點，盡量讓少女看得見自己，而不讓老先生發現。而那少女露出朦朧的笑容，向他轉過迷人的側臉。她一面極其自然而平靜地同白髮老人交談，一面又以純潔而熱烈的目光，向馬里尤斯送去她所有的夢幻。

　　然而，可以肯定，白先生最終還是有所覺察，因為馬里尤斯一到，他就站起來，開始走動，也不再天天帶“女兒”來了。有時他一個人來。馬里尤斯絲毫沒注意到這些跡象。他已從膽怯進入盲目階段，一天晚上，他跟他們到了家門口，看見他們消失在馬車大門裏，他也跟着進去了，並且勇敢地問門房：“剛才是二樓的先生回來了吧？”“不是，”門房回答，“是四樓的先生。”又前進了一步。這一成功使馬里尤斯膽子更大。

　　翌日，白先生和他女兒只在公園裏呆很短的時

孤星淚

珂賽特的戀愛

間。他們走的時候，仍是大白天。馬里尤斯跟他們到西街，這已成了他的習慣。走到大門口，白先生讓女兒先進去，自己在跨門檻前停了停，轉過頭，凝眸看了他一眼。

第三天，他們沒有來公園。馬里尤斯等了整整一天。天黑了，他去西街，看見四樓的窗口有燈光。他在窗下躑躅到燈光熄滅。第四天，仍不見他們的人影。過了一星期，白先生和他女兒始終沒在公園露面。馬里尤斯作着種種不安的猜測。他不敢白天去監視大門，只好夜裏去仰望玻璃窗上淡紅色的燈光。他不時地看見人影晃過，他的心怦怦直跳。第八天，當他來到窗下，不再見到燈光了。

馬里尤斯叩敲大門，他進去問門房："四樓的先生呢？"

"搬家了。"門房回答。

夏天過去了，秋天過去了，

冬天到了。白先生和那少女一直沒再去盧森堡公園。馬里尤斯只有一個念頭，要再見到那張溫柔可愛的臉。他不停地尋找，到處尋找，卻一無所獲。他已不再是那個滿懷計劃、打算、豪情、思想和意願的年輕人，而是成了無藥可救的狗。他變得憂心忡忡。他完了。

那天早晨，他坐到戈貝蘭河岸的護牆上。正想得出神，驀然，他聽見一個熟悉的聲音在說：

"咦！是他！"

他舉目望去，認出是泰納迪埃的大女兒埃波妮。這時，她來到馬里尤斯面前，蒼白的臉上露出了興奮，似乎還有一絲笑容。

她一時沒有說話，彷彿說不出話來。

"我可找到您了！"她終於說道，"啊！我找您找得好苦！六個星期。您不住在那裏了？"

"告訴我，您現在住在哪裏？"

馬里尤斯不回答。

"啊！"她繼續說道，"您的襯衫上有個洞。讓我給您縫一縫。"

她的神情漸漸陰沉，她說：

"您見到我好像不高興？"

馬里尤斯默不作聲。她也沉默了一會兒，而後大聲說："可是我只要願意，一定能叫您高興！"

"甚麼？"馬里尤斯說，"您想說甚麼？"

她咬住嘴唇，猶豫了一會兒，彷彿在思想鬥爭。最後她似乎下了決心。

“我有地址了。”

馬里尤斯臉色刷地變白，全身的血湧回心臟。

“甚麼地址？”

“那位小姐的！”

說完這句話後，她深深歎了口氣。

馬里尤斯從他坐着的護河牆上跳下來，發狂似的握住她的手。

“呵！太好了！快帶我去！告訴我！隨你問我甚麼！她住在哪裏？”

“跟我來，”她回答，“我不知道街名和門牌號碼。不在這邊。但我認識那幢房子。我帶您去。”

在聖日耳曼城郊荒僻的布洛梅街（如今叫普呂梅街），從前叫“鬥獸場”的地方附近，修建了一座“小樓”。

這是二層樓房。樓下有兩間廳室，樓上有兩間臥室，樓上有廚房，樓下有小客廳，屋頂下是閣樓，屋子前有花園，臨街有一扇大鐵柵欄門。

一個上了年紀的男子前來把房子全部租下了，當然包括後院的平房和通達巴比倫街的走廊。他找人把通道兩端的暗門修好。

最後，他同一個年輕姑娘和一個女傭人悄悄搬來安家落戶。這位不引人注目的房客，便是讓·瓦讓，那姑娘便是珂賽特。女傭是位老姑娘，名叫杜珊，讓·瓦讓把她從醫院和貧困中救了出來。她已年老，外省人氏，說話結巴，這三個特點使讓·瓦讓下決心把她留在身邊。他用福施勒旺的名字，食年息者的名義，租下了這幢房子。

珂賽特離開修道院時，差不多還是個孩子；她才十四歲多一點，正處於未成熟的青春期。除了一雙眼睛，她長得與其說漂亮，不如說難看；她倒不是五官不正，但她笨拙、瘦弱，既腼腆，又大膽，總之，是個大孩子的模樣。

珂賽特離開修道院時，不可能找到比普呂梅街這座房子更可愛、更危險的住所了。繼續過着孤寂的生活，但開始有了自由；有一個幽閉的花園，但同時有粗獷、繁茂、妖艷和芬芳的自然景物；仍做着在修道院裏時那些夢，但能瞥見青年男子的身影；有一道鐵柵欄門，但門外便是街道。

孤星淚

珂賽特的戀愛

一天，珂賽特偶然照鏡子，驚歎地"喲"了一聲。她有點覺得自己漂亮了。

她的身材顯露出來了，皮膚變白淨了，頭髮有光澤了，碧藍的眼睛燃起了從未有過的光輝。驟然間，她心明眼亮，對自己的美麗深信無疑了。她心醉神迷，狂喜不已。

讓·瓦讓心裏卻有一種說不出的難過。對於其他人來說，這是明媚的曉色，對於他，卻是無比淒惻。

就在那個階段，相隔六個月後，馬里尤斯在盧森堡公園又見到了她。

在珂賽特無意中看了馬里尤斯一眼，而使他心慌意亂的那一刻，馬里尤斯沒有料到，他的目光竟也使珂賽特神魂顛倒。他也給她帶來了苦惱和快樂。

那天珂賽特的目光使馬里尤斯失魂落魄，而馬里尤斯的目光則使珂賽特渾身顫抖。馬里尤斯走時滿懷信心，珂賽特走時卻忐忑不安。從那天起，他們相愛了。

她每天焦急地等待散步的時刻，她看見馬里尤斯，感到說不出的高興。馬里尤斯和珂賽特都還處在迷惘階段。

馬里尤斯盡量躲避那"父親"。但是，讓・瓦讓有時仍發現他。馬里尤斯行為莽撞。那一天，他跟蹤珂賽特一直到西街。一星期後，讓・瓦讓搬家了。他發誓再也不去盧森堡公園，也不去西街。他回普呂梅街去住了。

四五個月前，珂賽特還沉浸在揪心徹骨的痛苦中，現在不知不覺地進入了恢復期。一天，她突然想起了馬里尤斯："呀！"她說，"我都不再想他了。"

四月的一天晚上，讓・瓦讓出門了。珂賽特繞着花園漫步，她回到石凳旁，正要坐下，發現她坐過的位置上，有一塊相當大的石頭，她掀開石頭，下面好像有封信，是一張白信封。珂賽特一把抓起信封，正面沒有地址，反面沒有蓋印。珂賽特把信封裏的東西取出來，是個小本子，每一頁都編了號，並且都寫了幾行字。珂賽特看看有沒有名字，沒有找到，沒有人署名。這是給誰的？可能是給她的，既然有人把信封放到凳子上，可又是誰寫的呢？她好像受到了一種不可抗拒的誘惑。

珂賽特讀信時，漸漸沉入了遐想。這神秘莫測的文字，字字句句在她眼前大放光芒，在她心裏灑滿異彩。這十五頁手稿，突如其來地，和風細雨地，向她揭示了整個愛情、痛苦、命運、生死、永恆、開始、結束。

這幾頁紙是從哪裏來的？是誰寫的？現在，珂賽特肯定無疑。只有一個人，他！

她心裏又有了光明，一切重現了。她感到前所未有的快樂，是他！就在她把他遺忘的時候，他又找到了她！不過，她難道真忘了嗎？不！從沒忘過！她一直愛着他，崇拜着他。那愛火一度曾被蓋住了，它不過是鑽到了深處，現在，復又燃起來，把她全身都燒得熾熱。這下完了。珂賽特又墜入了純潔的愛河中。伊甸園的深淵再次打開。

驀然，她有一種難以名狀的感覺，甚至不用看，就知道後面站着一個人。她轉過臉，倏地站了起來。是他，他光着腦袋，看上去蒼白消瘦，幾乎辨不出他穿着黑衣服。暮色使他俊美的面孔變得灰白，給他的眼睛蒙上了黑影。

珂賽特隨時都會暈倒，但她沒有喊叫。她慢慢向後退，因為她感到要被吸引過去了。他則一動不動。她看不見他的眼睛，卻從裹住他的難以形容的憂愁中，能感覺到他的目光。珂賽特退縮着，碰到了一棵樹，靠在上面。沒有這棵樹，她恐怕摔倒了。

這時，她聽到了他的聲音：「請原諒，我來了。我非常苦悶，不能再這樣生活下去了，於是我來了。您讀了我放在這石凳上的東西了嗎？已經很久了，您還記得您回眸看我的那一天嗎？在盧森堡公園，那尊古鬥士雕像旁。很久沒見到您了。您知道，您是我的天使，讓我來看您吧。我，我愛慕您！原諒我，我跟您說話，卻不知道在說甚麼，您可能生氣了，您生氣了嗎？"

"呵！母親！"她說。她癱了下去，彷彿要死了。

他扶住她，她仍然往下癱，他抱住她，抱得緊緊的，卻不知道自己在做甚麼。她抓住他的一隻手，放到自己胸口上。他感覺到那個本子藏在她胸口。他結結巴巴地問："這麼說，您愛我？"她低聲地回答，低得就像是幾乎聽不見的呼吸聲："不要問！你知道的！"她把羞得通紅的臉，埋進這位漂亮而如醉如癡的年輕人懷裏。他跌坐到長凳上，她靠在他身旁。他們不再說話。一個吻，一切盡在其中。

馬里尤斯與讓・瓦讓參加革命

自從在那神聖幸福的時刻，他們一吻訂終身以來，馬里尤斯每天晚上都來這裏，他們幸福得亂了方寸，糊裏糊塗地過日子。他們盡量互吐隱情，但也沒超過自己的身世。

這天，黑夜來臨。九點整，他按照同珂賽特的約定，來到了普呂梅街。

馬里尤斯撥開那根鐵條，衝進花園裏。珂賽特不在她平時等他的地方。他穿過矮樹叢，向台階旁的凹角走去。他說："她肯定在那裏等我。"可珂賽特不在那裏。他抬起頭，看見屋裏的窗板全都關着。他在花園裏轉了一圈，裏面空無一人。於是，他又回到樓前。他已愛得失去理智，一副醉態，神色恐懼，被痛苦和憂慮攏得怒火中燒，拚命敲打護窗板。敲完窗，他又大聲呼叫珂賽特。

"珂賽特！"他喊道，"珂賽特！"他又一次急切地喊道。

沒有人答應。這下完了，花園裏沒有人，屋子裏沒有人。

馬里尤斯絕望地凝視這座陰森淒涼的房子，它似墳墓般漆黑、寂靜，但比墳墓更空落。他看了看那張石凳，他和珂賽特並肩坐在那裏，度過多少美妙的時光啊！於是，他坐到石頭台階上，心中充滿了溫情和決心，他在心裏默默為他的愛情祝福，他想，既然珂賽特走了，他就只有一死。

驀然，他好像聽見人從街上，從路邊的樹林裏喊他：

"馬里尤斯先生！您的朋友們在尚弗里街的街壘那裏等您。"

這個聲音對他並不陌生。啞啞的，粗粗的，很像是埃波妮的聲音。馬里尤斯向鐵柵欄門奔去，扳開那根活動的鐵條，伸出腦袋，看見一個人，好像是一個小伙子，奔跑着消失在夜色中。

他正想死，機會便來了；他敲墳墓的門，冥冥之中，便有隻手向他遞來了鑰匙。人在絕望時，黑暗中突然出現一條陰森的出路，那是極具誘惑力的。馬里尤斯扳開無數次讓他進出的鐵條，走出花園，說了聲："去吧！"

他痛不欲生，腦海裏一片混亂。兩個月來，他一直陶醉於青春和愛情中，無法再接受任何別的命運，被絕望的種種妄想所壓垮，此刻他只有一個願望：趕快了結自己。他邁開大步前進。他身上恰好帶着武器，是雅韋爾的兩支手槍。

馬里尤斯不再有甚麼企望，因而無所畏懼。有人召喚他，他就得去。他設法穿過人群，穿過露營街頭的部隊，躲過巡邏隊，避過崗哨。

他穿過人群區後，便越過部隊區的邊界，置身於一種可怕的環境中。不見一個行人，不見一個士兵，不見一點燈光；一個人影也沒有。孤獨，寂靜，漆黑；一股寒氣襲來。走進一條街，恍若走進地窖。

馬里尤斯一直躲在蒙代圖爾街的拐角處，目擊戰鬥的第一階段，卻仍然猶猶豫豫，哆哆嗦嗦。但他無法抵禦那神秘莫測、至高無上的誘惑，這種誘惑可以稱做深淵的召喚。看到危險迫在眉睫。馬伯夫先生謎一般的慘死，巴奧雷被殺，庫費接克呼救，加弗洛什受到威脅，他的朋友需要援救或報仇，他所有的猶豫便煙消雲散，於是手握兩支手槍，衝進混戰之中。第一槍救了加弗洛什，第二槍救了庫費拉克。

馬里尤斯扔掉兩支空手槍，因而沒有武器了，但他發現大廳門旁有隻火藥桶。

馬里尤斯走進大廳，拿起火藥桶，乘着街壘裏硝煙瀰漫，沿着街壘，溜到火把所在的石籠旁。他拔出火把，放上火藥桶，將火藥桶下面的石塊推開。火藥桶極其順從地往下一沉，瞬間就撞破了。這一切，對馬里尤斯只是彎腰和起立的工夫。現在，國民自衛軍、保安警察、部隊官兵，全都蜷縮在街壘的另一端，目瞪口呆地看着他。他腳踩石頭、手擎火把，驕傲的臉被與敵人同歸於盡的決心照亮，他將火把伸向依稀可辨是破火藥桶的那堆可怕的東西，令人驚心掉膽地喊道：

"快滾開，不然，我就炸掉街壘！"

"炸掉街壘！"一個警察説，"那你也會炸死的！"

馬里尤斯説：

"我當然也炸死。"

説完，他將火把湊近火藥桶。

可是，壘壁上的人都走光了。進攻者丟下死者和傷員，亂哄哄地擁回街的另一頭，又一次隱沒在黑夜中，一片狼狽潰逃的景象。

街壘得救了。

大家圍住馬里尤斯。庫費拉克撲上去摟住他的脖子。

"你來得正是時候！"博絮埃說。

"沒有你，我早死了！"庫費拉克又說。

"沒有您，我早給逮住了！"加弗洛什補充說。

馬里尤斯問道：

"頭頭在哪裏？"

"就是你。"昂若拉說。

整整一天，馬里尤斯頭腦裏像有個火爐，現在颳起了一陣旋風。兩個月充滿歡樂和愛情的燦爛日子，突然通到這可怕的峭壁，珂賽特不知去向，面前是這個街壘，馬伯夫為共和國捐軀，自己成了起義軍的頭頭，這一切對他來說，簡直是一場可怕的噩夢。他不得不集中心思，想一想周圍的一切是不是真的。

與心靈的騷動相比，一座城市的騷動算得了甚麼？人心比人民還要高深莫測。此時此刻，讓·瓦讓內心波濤洶湧。他身上所有的深淵又全都張開。他和巴黎一樣在顫慄，也正面臨一場驚心動魄、凶吉莫測的革命。

六月五日這天的前夕，讓·瓦讓帶着珂賽特和杜珊，住到武夫街。一件意想不到的事在等待他。

珂賽特離開普呂梅街之前，曾試圖反對過。從他們相依為命以來，珂賽特和讓·瓦讓的想法第一次出現分歧，一個不願搬，另一個堅持要搬。他以為有人發現了自己的蹤跡，正在追捕自己。珂賽特只好讓步。

讓·瓦讓一到武夫街，憂慮就減輕許多，他睡得很香。翌日清晨，他醒來時，可以説心情愉快，就連簡陋無比的餐室，他也覺得很漂亮。

他在餐室裏緩步來回走着，目光突然觸及某個奇怪的東西。他從對面碗櫥上傾斜的鏡子裏，清楚地看到了四行字：

"親愛的，唉！我父親要我們馬上動身。今晚，我們住在武夫街七號。一星期後，我們將去英國。——珂賽特。六月四日"

讓·瓦讓一下愣住了。

珂賽特到這裏後，便把吸墨紙簿放在碗櫥上的鏡子前，她因為憂心如焚，忘記把它拿走，甚至沒注意到它攤開着，正巧攤在她昨天寫信用的那一頁。字跡卻印在吸墨紙上，鏡子又映出了字跡。

讓·瓦讓走到鏡子前。他又把那四行字讀了一遍，卻怎麼也不相信是真的。他覺得，那幾行字是在電光中閃現的，那是錯覺，那是不可能的，那是不存在的。

他的視覺漸漸清晰。他看着珂賽特的吸墨紙，恢復了對現實事物的感覺。

讓·瓦讓打了個趔趄，吸墨紙掉了下來。他癱倒在碗櫥旁的那張破安樂椅上，垂下腦袋，目光呆滯，茫然若失。他想，這是顯而易見的事，世上的陽光永遠消失了，肯定是珂賽特給某人寫的信。這時，他心裏又翻江倒海起來。

可憐的老讓·瓦讓，他對珂賽特的愛不過是父愛。但是，他一生從沒結過婚，他把各樣的愛，帶進了這種父愛中。

在漫長的歲月中，除了珂賽特，也就是説，除了一個孩子，讓·瓦讓從沒有過可以愛的人。他熱愛珂賽特，崇拜珂賽特，這孩子是他的光明、他的住所、他的家庭、他的祖國、他的天堂。

因此，當他看見一切都完了，她要擺脱他，要從他手裏溜走，要從他身邊躲開，要像雲彩那樣飄走，流水那樣逝去；當他看到一個十分明顯的事實，另一個人成了她心愛的目標，另一個人成了她生活的期望，她已有了心上人，我不過是父親，我已不再存在。當他看到這些，他內心的痛苦已超過可忍耐的限度。他付出了一切，竟落得這個下場！到頭來甚麼也不是！於是，他氣得渾身顫抖。他的個人主義徹底蘇醒了。

大約一小時後，讓·瓦讓穿着國民自衛軍的制服，拿着武器，出去了。看門人不費吹灰之力，在附近就給他配齊了裝備。他有一支上了子彈的步槍，一個裝滿了子彈的彈盒。他朝中央菜市場那邊走去。

或許已探明情況，或許出於本能，抑或出於偶然，他是從蒙代圖爾巷來這裏的。他身上穿着國民自衛軍的制服，所以一路順利。

讓·瓦讓進街壘時，誰都沒有看見他，因為所有的眼睛都盯着選出來的五個人和四套軍服上。

讓·瓦讓都看見和聽見了。他默默脫下軍服，扔到那堆軍服上，幫被他救的起義者穿上他的制服。

四名起義者把雅韋爾從柱子上解了下來。他的手始終反綁着，人們又在他的腳上縛了根結實的細鞭繩，為了保險起見，又在他脖子上縛了根繩子，在綁雅韋爾的時候，有個人站在門口，目不轉地看着他。雅韋爾看到那人的影子，掉過頭來。他抬起頭，認出是讓·瓦讓。他甚至都沒有抖一下，高傲地垂下眼睛，只說了句："這不奇怪。"

大廳裏只剩下讓·瓦讓和雅韋爾了。讓·瓦讓把攔腰捆住囚徒、在桌子底下打結的繩索解開，然後示意他站起來。雅韋爾服從了，依然帶着那難以描繪的濃縮着受束縛的至高無上權力的笑容。讓·瓦讓像揪住馱畜的胸帶似的，揪住雅韋爾的後腰帶，把他慢慢拖出酒店，因為雅韋爾雙腳捆着，只能小步走路。讓·瓦讓握着手槍。就這樣，他們穿過梯形狀的街壘。起義者背朝他們，全神貫注於敵人即將開始的攻擊。馬里尤斯守在壁壘的最左側，就他一人看見他們經過。他內心陰森的微光，照亮了這一對受刑者和劊子手。

雅韋爾雙腳捆着，讓·瓦讓費力地，但一刻也沒鬆手地把他拖過蒙代圖爾巷的小街壘。他們跨過小街壘後，就只有他們兩人在小巷裏，誰也看不見他們。房屋的拐角擋住了起義者的視線。從街壘裏拖出來的屍體，可怕地堆在幾步路以外。

讓·瓦讓從口袋裏取出一把刀，將它打開。"刀！"雅韋爾驚叫道，"你做得對。你用這個更合

適。"讓·瓦讓割斷雅韋爾脖子上的馬頷轡，又割斷他手腕上的粗繩，接着彎下腰，割斷了他腳上的細繩，然後起身對他説："你自由了。"

雅韋爾是不易驚訝的人。可是，不管他多麼善於克制，也禁不住大吃一驚。他張口結舌，呆若泥塑。讓·瓦讓接着又説："我想我是出不去了。不過，萬一我能出去，我住在武夫街七號，名叫福施勒旺。"雅韋爾像老虎那樣皺了皺眉，嘴角微微張開，咕噥了一句："當心。""走吧。"讓·瓦讓説。

雅韋爾緩步走了。不一會，他就拐進布道兄弟會修士街。等雅韋爾消失後，讓·瓦讓向空中放了一槍。然後，他回到街壘裏，説："辦完了。"一股冷氣穿透馬里尤斯的心。

突然，衝鋒的戰鼓擂響了。攻勢猶如暴風驟雨。

街壘的一端有昂若拉，另一端有馬里尤斯。昂若拉頭腦裏裝着整個街壘，他要保護好自己，因此隱蔽得很好；三名士兵連看都沒看見他，就相繼倒在他槍眼下了。馬里尤斯作戰時卻不加隱蔽，大半截身體在街壘上面，成了敵人瞄準的對象。

進攻接連不斷，氣氛越來越恐怖。馬里尤斯不停地戰鬥，他遍體鱗傷，尤其是頭部，臉上鮮血淋淋，彷彿遮了塊紅手帕。一槍打來，打斷了他的鎖骨。他覺得要暈倒了。他已閉上眼睛，忽然，他感到被一隻有力的手抓住，接着便昏了過去。他勉強來得及閃過珂賽特的形象，同時閃過一個念頭："我被抓住了。我要被槍斃了。"

馬里尤斯的確成了俘虜，讓·瓦讓的俘虜。他倒下時，有隻手從後面把他抱住，而在他失去知覺時，感到有隻手抓住了他。那便是讓·瓦讓的手。

　　讓·瓦讓沒有參加戰鬥，而是冒險待在街壘裏。在這臨終的最後時刻，除了他，恐怕沒有人會顧及傷員。在這場殘殺中，他就像個保護人，無處不在。多虧了他，倒下的人被扶起來，背到樓下大廳裏包紮好。他利用空隙修理街壘。可凡是與開槍、攻擊，甚至自衛有關的事，他都不做。他默不作聲，只顧救人。此外，他身上只有幾處擦傷，子彈不要他。如果説他當初來這個墳墓時，有尋死的念頭，那麼，從這個角度看，他根本沒有成功。

　　在硝煙中，讓·瓦讓似乎沒有看見馬里尤斯。其實，他的眼睛一刻也沒離開他。當一顆子彈擊倒馬里尤斯時，讓·瓦讓猛虎般敏捷地跳過去，就像撲向獵物那樣撲到他身上，並把他帶走了。

　　讓·瓦讓背着始終昏迷不醒的馬里尤斯，來到一個地下走廊裏。這裏，一片安寧，一片沉寂，一片黑暗。他又有了昔日從街上跳進修道院裏的那種感覺。不過，今天帶的不再是珂賽特，而是馬里尤斯。

雅韋爾饒恕了讓‧瓦讓

讓‧瓦讓就在巴黎的下水道中。突然落進一個地窖裏，消失在巴黎的地牢裏，離開死亡籠罩的那條街，進入這有生命的墳墓裏，這真是奇特的一刻。他一時間暈頭轉向。他目瞪口呆，側耳諦聽。只是那受傷的人一動不動。讓‧瓦讓不知道背到這墳坑裏來的是活人還是死人。

其實，他們獲救的可能性不像讓‧瓦讓認為的那樣大。另一種仍然很大的危險可能在等待他們。先前是刀光劍影的戰鬥，現在是充滿疫氣和陷阱的洞穴；先前是混亂，現在是污水道。讓‧瓦讓從地獄的這一層落入了另一層。

他憂心忡忡地往前走，但依然很鎮靜，甚麼也看不見，甚麼也不知道，聽憑運氣的，也就是上天的安排。每遇到一條支道，他就伸手摸一摸拐角，若發現開口比他所在的下水道窄，他就不進去，繼續往前走。他很有道理地認為，任何一條更窄的路可能通往死胡同，只能使他遠離目的，也就是遠離出口。這樣，他就避開了黑暗中向他張開的陷阱。

往前走越來越艱難。拱頂高矮不一，平均高度約五呎六，是按人的身高設計的。讓‧瓦讓不得不彎下腰，怕馬里尤斯撞着拱頂。他得不停地彎腰又直腰，不停地觸摸牆壁。石壁潮濕，水溝黏滑，這對手和腳都是不利的支撐點。他在巴黎醜惡的糞水中踉蹌而行。讓‧瓦讓又飢又渴，他筋疲力盡。越是感到沒有力量，就越覺得包袱沉重。馬里尤斯可能死了，就像無活動力的軀體，死沉死沉的。讓‧瓦讓小心翼翼地背着他，不讓他胸口受到擠壓，讓他呼吸盡可能通暢。

走過一條支道，他歇了歇腳。他實在累壞了。那裏有個挺大的通風口，可能是昂儒街的檢查孔，射進可說是明亮的光線。讓‧瓦讓就像對待受傷的兄弟那樣，將馬里尤斯輕輕放到溝坡上。馬里尤斯血淋淋的面孔，出現在檢查孔射進來的蒼白的光線下，他雙眸緊閉，頭髮黏在太陽穴上，雙手下垂，一動不動，四肢冰冷，唇角凝血。他的領結上凝着血塊，襯衣陷進傷口中，呢外套擦着皮開肉綻的傷口。讓‧瓦讓用手指尖撩開衣服，將手放在他胸口上：心臟還在跳動。讓‧瓦讓從自己的襯衣上撕下布片，盡量包紮好傷口，止住了流血。然後，他俯下身子，湊着朦朧的光線，以難以名狀的仇恨目光，看着昏迷不醒、幾乎斷氣的馬里尤斯。

他在撩開馬里尤斯的衣服時，在他口袋裏發現了兩樣東西，昨天忘了吃的麵包和馬里尤斯的活頁簿。他吃着麵包，打開活頁簿。在首頁上，他發現了馬里尤斯寫的四行字。

"我叫馬里尤斯‧蓬梅西。把我的屍體送到沼澤區髑髏地修女街六號，我的外祖父吉諾曼先生家裏。"

他把活頁簿放回馬里尤斯的口袋裏。吃完麵包，他恢復了體力。他又背起馬里尤斯，小心將他的腦袋放到自己的右肩上，繼續往下走。

他感到自己在進入水中，腳下不再是石板，而是淤泥。

讓·瓦讓遇到的是地陷，是頭天晚上下暴雨所致。雨水下滲，隨之而來的是下水道塌陷。下水道底部四分五裂，於是陷進淤泥裏。

讓·瓦讓感到腳下的地面在下沉。他走進這泥漿中。上面是水，下面是淤泥。越往前走，他的腳陷得越深。不久，淤泥陷到他的腿肚子，水沒過了他的膝蓋。他繼續往前走，用兩隻胳膊盡量把馬里尤斯舉出水面。現在淤泥已陷到膝蓋，水則沒到腰際。後退已是不可能了。他越陷越深。這淤泥的密度可以承受一個人的重量，但顯然承受不了兩個人。

水已沒到他腋下。他感到自己在往下沉，只剩腦袋露出水面了，雙臂仍舉着馬里尤斯。

他拼足力氣，向前邁了一步。他的腳觸到了甚麼堅硬的東西，一個支點。他直起身，用腰一使勁，猛地在這支點上站穩腳。他感到踏上了絕處逢生階梯的第一級。

在千鈞一髮之際遇到的這個支點，是溝底另一個坡面的開端。讓·瓦讓沿着這坡道前進，終於到了泥潭的另一邊。

他又開始往前走，走了百來步，忽然他撞到牆上。原來是拐彎處，他抬起頭，隱隱看見前面很遠很遠的地方，在下水道盡頭有亮光。這次可不是兇險的紅光，而是祥和的白光，是日光。讓·瓦讓看見了出口。

讓·瓦讓到了出口處，他停下來，的確是出口，但出不去。

那拱門關着，是粗鐵條的柵欄門。看來這鐵柵門很少轉動，鉸鏈已經生銹，一把大鎖將它牢牢鎖在石頭門框上。讓·瓦讓沿着牆壁，將馬里尤斯放在溝底乾的地方，然後走到鐵柵門邊，雙手緊握鐵條，使勁搖晃，卻無濟於事。鐵柵門巍然不動。讓·瓦讓又挨根抓住鐵條，希望有一根是活動的，能拔下來做槓桿，用來撬門或砸鎖。沒有一根活動。

他正垂頭喪氣，有隻手放到他的肩頭，有個聲音輕輕對他説："對半分。"

難道這黑暗中有人？讓·瓦讓以為在做夢。他抬起頭，一個男子站在他面前。這人穿一件工作服，光着

腳，左手拎着鞋子。顯然，為了能悄悄走到讓·瓦讓跟前，他把鞋脫了。讓·瓦讓沒有片刻猶豫。儘管突然相遇，但他認識此人。他是泰納迪埃。

泰納迪埃將右手舉到額頭，做成帽舌以遮住光線，接着皺起眉頭，眨眨眼睛，這表明一個敏鋭的人集中注意力想認出另一個人。他沒有認出來。讓·瓦讓背對着光，再説，他滿臉污泥和鮮血，已是面目全非，即使在大中午，也未必能認出來。相反，泰納迪埃面對鐵柵門，光線照在他臉上，讓·瓦讓看泰納迪埃卻是一目瞭然。讓·瓦讓立刻發現泰納迪埃沒認出他來。

他們在昏暗的光線中對視了一會，彷彿在互相打量。泰納迪埃首先打破沉默："你怎麽出去？"讓·瓦讓不作回答。

泰納迪埃繼而又説："這門用撬鎖鈎是打不開的。可你得從這裏出去呀。"

"不錯。"讓·瓦讓説。

"那好，對半分。"

"甚麽意思？"

"你殺了這個人，很好。而我有鑰匙。"泰納迪埃用手指了指馬里尤斯。

讓·瓦讓開始明白了。泰納迪埃以為他是殺人兇手。泰納迪埃越是喋喋不休，讓·瓦讓便越沉默不語。泰納迪埃放肆地摸起讓·瓦讓和馬里尤斯的口袋來。讓·瓦讓只想背對光線，就任他這樣做了。在翻馬里尤斯的衣服時，泰納迪埃像變戲法似的，敏捷地撕下一

雅韋爾饒恕了讓·瓦讓

塊，藏在自己的工作服裏，讓·瓦讓卻毫無察覺。泰納迪埃想必生出一個念頭，也許這塊布日後能幫他認出被害者和兇手。此外，除了那三十法郎，他沒找到一個子兒。他把錢全部裝進腰包，全然忘了他説的"對半分"了。

泰納迪埃幫讓·瓦讓將馬里尤斯重新放到肩上，然後光着腳，踮起腳尖，向鐵柵門走去，並示意讓·瓦讓跟在後面。他朝外面看了看，將手指放到嘴上，停了幾秒鐘。察看完畢，他把鑰匙放進鎖孔裏。鎖栓撥開，門轉動了。泰納迪埃微微打開門，剛好能讓讓·瓦讓通過，隨後又關上門，將鑰匙在鎖孔裏轉了兩圈，便一頭鑽進黑暗中。

讓·瓦讓到了外面。他把馬里尤斯放到河灘上。他們終於到了外面！疫氣、黑暗、恐怖已統統拋在身後。周圍充滿了健康、純淨、流通、歡快、可隨意呼吸的空氣。讓·瓦讓向馬里尤斯俯下身子，用手心捧了些水，在他臉上輕輕灑了幾滴。馬里尤斯沒有睜眼，但他微張的嘴卻在呼吸。

讓·瓦讓正要把手再次放進河裏，突然感到莫名的不安，就像雖沒看見，卻感到身後有人似的。他回過頭，就像剛才那樣，果然他身後有人。一位身材高大的人站在讓·瓦讓身後幾步遠的地方，讓·瓦讓則蹲在馬里尤斯身旁。那人穿着禮服，雙臂交叉在胸前，右手拿着一根短棍，鉛頭露在外面。讓·瓦讓認出是雅韋爾。

正是雅韋爾。雅韋爾出乎意料地離開街壘後，就趕到警察總署，向警察署長本人做了口頭彙報。短短的接見後，他又繼續去執行任務了。他看見了泰納迪埃，就跟蹤他了。此外，大家也明白，泰納迪埃如此殷勤地為讓・瓦讓打開鐵柵門，是在耍詭計。泰納迪埃感到雅韋爾還沒走。他感到得扔根骨頭給這密探。沒想到一個殺人兇手自己送上門來，這可是意外的收穫！泰納迪埃將讓・瓦讓當替罪羊送出門外，也就將一個獵物送給警察，用來轉移視線，逃脫追捕。讓・瓦讓才脫離一個暗礁，又撞上了另一個暗礁。

　　雅韋爾用牙咬住短棍，屈膝躬身，兩隻大手用力抓住讓・瓦讓的雙肩，像把老虎鉗子，把他牢牢夾住，然後仔細打量，終於認出是他。讓・瓦讓任雅韋爾抓住肩膀，一動不動，"雅韋爾警探，"他說，"您逮住我了。其實從今天上午起，我就認為是您的囚犯了。我既然給了您地址，就絲毫也不想躲開您。您把我抓走吧。只是答應我一件事。"

　　雅韋爾似乎沒有聽見，雙眸緊緊盯着讓・瓦讓。他鬆開讓・瓦讓，猛地直起身，一把抓住短棍，夢囈般地喃喃問道："您在這裏幹甚麼？這人是誰？"

　　讓・瓦讓回答他的問題："我正要同您談他。隨您怎樣處置我，但您先幫我把他送回家。我只求您這件事。"雅韋爾的臉抽搐了一下。每當他可能讓步時，都會有這個表情。他沒有說不。

　　讓・瓦讓在馬里尤斯的口袋裏摸了摸，掏出一個活頁簿，翻到馬里尤斯用鉛筆寫的那一頁，遞給雅韋爾。天空中還飄浮着夕暉，足能看清字跡。他辨清了

孤星淚

雅韋爾饒恕了讓・瓦讓

馬里尤斯寫的幾行字，喃喃說道："吉諾曼，髑髏地修女街，六號。"接着他喊了一聲："車夫！"

不一會兒，那輛馬車從馬飲水的斜坡下到河灘上。馬里尤斯被安置在後座長凳上，雅韋爾挨着讓‧瓦讓，坐到前座長凳上。車門關上，馬車沿着河岸，向巴士底廣場方向飛馳而去。

馬車駛達髑髏地修女街六號時，天已完全黑了。門微微開啟，門房露出半個身子，打着哈欠，睡眼惺忪，手裏拿着蠟燭。樓裏的人全都睡了。

這時，讓‧瓦讓摟住馬里尤斯的胸部，車夫抱住他的雙腿，將他從車上抬下來。他們把馬里尤斯抬到二樓，樓裏其他住戶都沒發覺。他們把他抬進吉諾曼先生的候見室，放在一張舊沙發上。當巴斯克去找醫生，妮珂萊特打開衣櫥時，讓‧瓦讓感到雅韋爾碰了碰他的肩膀。他明白他的意思，便下樓去了，雅韋爾跟在後面。

"雅韋爾警探，"讓‧瓦讓說，"我還有件事相求。"

"甚麼事？"雅韋爾生硬地問。

"讓我回趟家。然後，隨您怎樣處置我。"

雅韋爾沉默片刻，下巴縮進大衣的領子裏，然後垂下前面的玻璃窗。

"車夫，"他說，"武夫街七號。"

一路上，他們一句話也沒說。來到武夫街口，馬車停了下來，雅韋爾和讓‧瓦讓下了車。他們走進武夫街。和平時一樣，這裏行人稀少。雅韋爾跟在讓‧瓦讓後面。他們來到七號。讓‧瓦讓敲敲門，門打開。

“很好，”雅韋爾説，“上去吧。”接着，他又表情古怪地、彷彿很費勁地補充説：“我在這裏等您。”

讓·瓦讓看了看雅韋爾。這種做法，不符合雅韋爾的習慣。不過，讓·瓦讓並沒感到太意外。他推開門，走進屋裏，對已經睡覺，從牀上給他拉繩開門的門房喊了聲：“是我！”便上樓去了。

到了二樓，他歇了歇。樓梯平台上的窗子開着，那是扇吊窗。和許多舊式樓房一樣，樓梯上有窗子，看得見大街。讓·瓦讓把腦袋探出窗口，可能想呼吸一下空氣，也可能是下意識的行為，他低頭看看街上。讓·瓦讓驚得頭暈目眩：街上一個人也沒有。雅韋爾已經離去。

雅韋爾緩步離開了武夫街。

他生平第一次低着頭走路，也是第一次背着手。

他抄近路走向塞納河，到了榆樹沿河馬路，便順着塞納河往前走，在聖母院橋的拐角處停了下來。塞納河在這裏，形成一個水流湍急的方湖。

雅韋爾非常痛苦。

一個壞人救了他的性命，他接受了這筆債便要償還，違心地和一個慣犯平起平坐，他幫了自己的忙便要回報，他説了：“你走吧”，就要對他説：“你自由了”，為了個人理由而犧牲職責這個普遍的義務，為了忠於良心，而要背叛社會：所有這些荒誕的事都已成為現實，堆積在他心頭，這就使他驚慌失措，亂了方寸。

使他驚訝不已的是，讓·瓦讓竟放了他；使他不勝

雅韋爾饒恕了讓·瓦讓

茫然的是，他，雅韋爾，竟放了讓‧瓦讓。

現在怎麼辦？把讓‧瓦讓交出去，這樣做是不對的；給讓‧瓦讓自由，這樣做也不對。不管作甚麼決定，都意味着墮落。

讓‧瓦讓是壓在他心頭的石頭。

讓‧瓦讓使他狼狽不堪。他平生作為依靠的所有原則，在這個人面前土崩瓦解了。讓‧瓦讓對他雅韋爾的寬宏大量使他難以承受。雅韋爾感到，一種可怕的東西鑽進了他的心裏，那就是對一個苦役犯產生了敬意。他不寒而慄，卻又無法逃避。他再掙扎也是徒勞，他心裏不得不承認，這個卑鄙的人確實品德高尚。這真可怕。

接着他開始反省自己，在變得高大的讓‧瓦讓面前，他覺得他雅韋爾臉面丟盡。一個苦役犯居然是他的救命恩人！

他最感恐慌的，是他喪失信心。他發現自己身上有一種與法律背道而馳的感悟，而法律從來是他衡量事物的唯一尺子。停留在以前的正直上已經不夠了。他的心裏出現了一個嶄新的世界：以德報德，忠心耿耿，慈悲為懷，寬容大度，為憐憫一個人而違背嚴酷的法規，不秉公執法，不再有最終的判決，不再有罰入地獄，法律的眼睛裏可以有一滴眼淚，一種莫名的上帝的正義，正在同人類的正義背道而馳。他看見一個陌生的道義太陽，在黑暗中可怕地升起。他膽戰心驚，眼花繚亂。

他成年後，當了公務人員，從此警察幾乎成了他的全部信仰，他有個上司，是吉斯凱先生；迄今為止，他從沒想到過另一個上司——上帝。

這個新上司——上帝，他突然感覺到了，因而心慌意亂。

上帝突然出現，他感到不知所措。他不知道如何對待這個上司，他一生只奉行盲目的信念，而盲目的信念產生盲目的正直。這種信念一旦失去，這種正直也就不復存在，他所信仰的一切也就煙消雲散。他感到內心空虛，變得毫無用處，同過去的生活已脫節，被革了職，感到自己被毀了。權力在他心中已死亡。他沒有理由再活在世上了。他被感動了，多麼可怕的處境！

他處在最激烈的狀態下。只有兩條出路：一條是下決心去找讓·瓦讓，將這個苦役犯送進監獄。另一條⋯⋯雅韋爾凝視這黑暗的深淵，一動不動地呆了幾分鐘，彷彿在用專注的神態凝視看不見的世界。河水汩汩地流着。突然，他摘掉帽子，放在護岸牆上。他向塞納河彎下腰，繼而又挺起身，垂直地墮入黑暗中。只聽見撲通一聲。惟有黑暗才知道這消失在水中的黑影是怎樣掙扎的。

馬里尤斯和珂賽特結婚了

馬里尤斯很長時間不死不活。持續幾週高燒，神志昏迷，還有相當嚴重的腦部症狀。

有幾處傷口腐爛面大，這是極其危險的，因為大傷口化膿，在某些氣候影響下，常會外毒內侵，導致病人死亡。每當天氣變化，哪怕稍有暴風雨，醫生便憂心忡忡，一再叮囑："千萬不要讓病人激動。"每次出現危險，吉諾曼先生就不知所措，守在外孫的牀頭，也和馬里尤斯一樣，不死不活。

每天，有時甚至一天兩次，如門房描繪的那樣，有個白髮蒼蒼、衣着講究的老頭，前來打聽病人的情況，並放下一大包舊紗布團。

從把垂死的馬里尤斯抬回外祖父家那個痛苦的夜晚以來，整整四個月過去了，醫生終於宣佈，馬里尤斯已脫離危險，康復期開始了。

吉諾曼先生起初憂心如焚，繼而又欣喜若狂。他不顧人阻攔，每天夜裏都陪伴在病人身旁。他完全變了個人，不再把自己當回事，馬里尤斯是一家之主，他高興得讓了位，他成了他的外孫的外孫。

至於馬里尤斯，他任人包紮治療，可他心裏只想着一個人：珂賽特。

在他的記憶中，尚弗里街發生的事就像一團雲霧，模糊不清的人影在他的腦海裏漂浮：他弄不清楚自己怎麼還是活着，不知道是怎樣得救的，被誰救的，他身邊的人也都不知道；他們能告訴他的，就是那天夜裏一輛馬車把他送到髑髏地修女街；過去、現在、將來，在他腦海裏只剩下模糊的概念，籠罩着一團迷霧，但在迷霧中，一個決心，一種願望：重新找到珂賽特。

一天，吉諾曼小姐整理五斗櫥大理石的瓶瓶杯杯，吉諾曼先生彎下腰，極其溫柔對馬里尤斯説："瞧，我的小馬里尤斯，我要是你，現在寧願多吃肉，少吃魚。在康復初期，吃油煎鰟魚是極好的，但病人要站起來，得多吃排骨。"

馬里尤斯的體力幾乎完全恢復，他集中全力，坐了起來，雙拳使勁按在牀單上，雙目直視外祖父，惡狠狠地説：

馬里尤斯和珂賽特結婚了

"這倒使我想起要對您説件事。"

"甚麼事？"

"我想結婚。"

"早料到了。"外祖父説。説完大笑起來。

"甚麼？早料到了？"

"是的，早料到了。你可以娶她，你那個小姑娘。"

馬里尤斯張口結舌，頭暈目眩，全身顫抖起來。

吉諾曼先生繼而又説："是的，你那個漂亮俏麗的小姑娘，你可以娶她。她每天讓一位老先生來打聽你的消息。你受傷後，她整天哭泣，做繃帶。我全都知道了。她住在武夫街七號。好吧，你就娶她吧。祝你幸福，我親愛的孩子。"説完，老人嗚嗚咽咽哭起來。他捧起馬里尤斯的頭，緊緊摟在年邁的胸前，祖孫二人哭了起來。

珂賽特和馬里尤斯又相見了。

珂賽特進來時，全家人，都集中在馬里尤斯的臥室裏。珂賽特猶如進了天堂，心醉神迷，心花怒放，誠惶誠恐。她幸福得驚慌失措。

跟在珂賽特後面陪她進來的，是一位滿頭銀髮的老人。他神態莊重，可面帶笑容，那是"福施勒旺先生"。那是讓・瓦讓。

門房絲毫也沒認出，這個衣冠楚楚的有產者，就是六月六日那天夜裏抬着屍體，突然出現在門口的那個人；那天，他抬着昏迷不醒的馬里尤斯，衣衫襤褸，滿身泥漿，面目可憎，神色驚慌，滿臉鮮血和污泥。

"特朗施勒旺先生，我不勝榮幸地替我的外孫馬里尤斯・蓬梅西男爵先生向令嬡求婚。"

吉諾曼先生不是故意喊錯名字的。不過，不注意別人的名字，在他是一種貴族派頭。

"特朗施勒旺先生"鞠躬致答。

"那就説定了。"外祖父説。

然後他轉向馬里尤斯和珂賽特，舉起雙臂表示祝福，大聲説："你們可以相愛了。"

於是開始張羅婚禮了。徵詢了醫生的意見，醫生宣佈婚禮可在二月舉行。現在十二月。幾個星期過去了，那是無比幸福、令人陶醉的日子。

珂賽特和馬里尤斯一下子從地獄升到了天堂。這一轉折來得太突然，"你明白是怎麼回事嗎？"馬里尤斯問珂賽特。

"不明白，"珂賽特回答，"但我感到上帝在看我們。"

讓·瓦讓不遺餘力，鋪平道路，協調一切，使一切順順利利。他和珂賽特一樣，急切地盼望大喜的日子，表面上看，也和她一樣快樂。

珂賽特身世的秘密，只有他一人知道。他當過市長，知道如何解決這一棘手的問題。他為珂賽特排除一切困難。他給她安排了一個父母雙亡的家庭，珂賽特不是他的女兒，而是另一個福施勒旺的女兒。在法律面前，珂賽特便成了歐弗拉齊·福施勒旺小姐。

至於那五十八萬四千法郎，那是一位不願留名的死者給珂賽特的遺贈。這筆遺贈交給第三者保管，等珂賽特成年後或結婚時再交還給她。這一切編得合情合理，尤其還有五十多萬的附加收入。

珂賽特現在知道，這個她叫了這麼多年父親的老人，原來不是自己的父親。換個時候，她肯定會很傷心。可是，在現在這樣無比幸福的時刻，她心頭只掠過一點陰影、一絲憂鬱罷了，她是多麼快樂，陰雲很快便消失了。她有馬里尤斯。

馬里尤斯即便沉浸在狂喜中，也難抹去內心的憂慮。在準備婚禮和等待佳日的過程中，他僱人對他往事中的兩個人進行艱苦審慎的查尋。

他欠了許多情，有他父親欠下的，也有他自己欠下的。有欠泰納迪埃的，也有欠送他回吉諾曼先生家裏的那位陌生人的。馬里尤斯一心想找到這兩個人，他想在快樂地進入未來之前，先同過去作一了結。

泰納迪埃雖是個惡棍，卻不能抹殺他救過蓬梅西上校的事實。對所有的人來說，泰納迪埃是強盜，但對馬里尤斯卻不是。

馬里尤斯僱了不同的偵探去尋找，都未能發現泰納迪埃的蹤跡。泰納迪埃似乎銷聲匿跡了。

至於另一個人，即救馬里尤斯的那個陌生人，最初尋找時還有些蛛絲馬跡，後來就找不下去了。沒有一點蹤跡，沒有一點線索。

一八三三年二月十六日這一夜，是上帝降福之夜。這是馬里尤斯和珂賽特的新婚之夜。按照現已過時的習俗，馬里尤斯和珂賽特的婚禮便在吉諾曼先生家裏舉行。

頭天，讓·瓦讓當着吉諾曼先生的面，將五十八萬四千法郎交給了馬里尤斯。財產夫妻共有，所以手續很簡單。讓·瓦讓從此不再需要杜珊了，珂賽特繼承過來，提升她當了貼身女僕。

喜宴擺在飯廳裏。新娘左右擺着兩張大安樂椅，右邊那張是吉諾曼先生，左邊是讓·瓦讓。吉諾曼先生入了座。另一張椅子還空着。

大家用目光尋找"福施勒旺先生"。他不見了。吉諾曼先生問巴斯克：

"你知道福施勒旺先生在哪裏嗎？"

"知道，先生，"巴斯克回答，"福施勒旺先生要我轉告先生，他右手有點疼，不能同男爵先生和男爵夫人一起用餐了。他請大家原諒。他明天上午來。他剛走。"

讓·瓦讓幹甚麼去了?

他離開髑髏地修女街,回到武夫街。

讓·瓦讓回到家裏,他點亮蠟燭,上了樓。人去屋空。連杜珊也不在了。讓·瓦讓走在房裏,腳步聲比平時更響。所有的衣櫥全都敞着。

讓·瓦讓看了看四壁,把衣櫥的門關上,在幾個房間裏來回走了走。然後,他回到自己的臥室,將蠟燭放在桌子上。他敏捷地走到小圓桌旁,從兜裏掏出鑰匙,打開箱子。

他把十年前珂賽特離開蒙費梅時穿的衣服,慢慢地從箱內取出來。他邊取出衣服,邊放在牀上。他沉思着,回憶着。

這位白髮蒼蒼、可敬可崇的老人一頭倒在牀上。他那年老而堅毅的心破碎了,他的臉可以說埋在珂賽特的衣服裏。此刻,倘若有人從樓梯上經過,就會聽見淒惻的哭泣聲。

婚禮後的第二天比較冷清。午時剛過,巴斯克聽見輕輕的敲門聲。巴斯克開了門,見是福施勒旺先生,把他領進客廳。

"您的主人起牀了嗎?"讓·瓦讓問。

"男爵先生?"巴斯克重複了一遍,"我去看看。我去告訴他福施勒旺先生來了。"

幾分鐘過去了。門口響起聲音。馬里尤斯進來了。他昂着頭,嘴上掛着笑意,臉上閃着光輝,額上

喜氣洋洋，目光得意揚揚。他也一宵未睡。

"是您，父親！"他見是讓·瓦讓，喊道，"可您來得太早了吧，才十二點半。珂賽特還睡着呢。見到您真高興！要知道，昨天您不在，我們都感到很遺憾！我們倆一直在談您。珂賽特非常愛您。別忘了這裏給您留着房間。我們用不着武夫街了。您住到這裏來。今天就來。一切都準備好了，就等您來了。我們下了決心，一定要生活得很幸福。您是我們幸福的組成部分，聽見嗎，父親？對了，您今天和我們一起吃午飯。"

"先生，"讓·瓦讓説，"我有件事要告訴您。我從前是苦役犯。我服了十九年苦役，因為偷竊。後來改判無期徒刑。因為偷竊，因為累犯，現在我是在逃犯。"

馬里尤斯在事實面前想後退，想拒絕，想反抗，但不得不屈服。他內心閃過一道可怕的光，一個念頭掠過他的腦海，他打了個寒顫，他隱隱看到自己的前程有了陰影。

"告訴一切！告訴一切！"他喊道，"您是珂賽特的父親！"

他朝後退了兩步，顯出難以形容的恐懼。

讓·瓦讓威嚴地昂起頭，"您必須相信我，先生。珂賽特的父親，我！我對上帝發誓，我不是。蓬梅西男爵先生，我是法弗羅勒的農民。我靠修剪樹枝謀生。我不叫福施勒旺，我叫讓·瓦讓。我和珂賽特甚麼關係也沒有。您儘管放心。"

馬里尤斯結結巴巴地説：

"誰能證明？……"

"我。既然我這樣説了。我是珂賽特的甚麼人？一個過路人。十年前，我還不知道她的存在。不錯，我愛她。她是孤兒，沒有父母。她需要我。這就是我為甚麼愛她。我對珂賽特盡了這個責任。今天珂賽特已離開我的生活，我們也就分道揚鑣了。從今以後我和她不再有任何關係。她是蓬梅西夫人。她已換了保護人。至於那六十萬法郎，這是一筆存款。這筆存款是怎麼到我手裏的？這無關緊要，是不是？"

讓·瓦讓直視馬里尤斯。

馬里尤斯感到心裏波濤洶湧，茫無頭緒。

"可您為甚麼要把這一切告訴我？"他嚷道，"是甚麼迫使您這樣做的？您本可以守住這個秘密的。沒有人告發您，跟蹤您，追捕您吧？是甚麼動機？"

"是甚麼動機？"讓·瓦讓回答道，聲音低沉，像在自言自語，"是有動機！動機很怪。出於誠實。您問得對，我是個傻瓜，為甚麼不就這樣下去呢？您的家裏給了我一間房，蓬梅西夫人很愛我，我們同住在一個屋簷下，在同一張桌子上吃飯，用同一爐火取暖，冬天圍着同一個壁爐，夏天一同散步，這便是快樂，這便是幸福，這便是一切。是的，我可以撒謊，可以欺騙你們，繼續當福施勒旺先生。以前是為了她，我可以撒謊；但現在是為了我，就不應該了。不錯，只要我不説就行了，一切照常。您問我是甚麼迫使我説的嗎？一個奇怪的東西，是我的良心。這個決心不是容易下的。我思想鬥爭了一夜。啊！您問我為甚麼要說出來？您說，又沒有人告發我，跟蹤我，追捕我。不！有他告發我！不！有人跟蹤我！不！有人追捕我！誰？我。"

他喘着氣，吐出了最後一句話：

"從前，為了生活，我偷了一塊麵包；今天，為了生活，我不願偷一個名字。"

馬里尤斯打了個寒噤，站了起來。讓·瓦讓又說：

"對此您有甚麼想法？"

"可憐的珂賽特！"他喃喃地說，"她要是知道了……！"

聽到這句話，讓·瓦讓打了個寒顫。他目光迷惘地看着馬里尤斯。

"珂賽特！啊，我都沒想到。一個人有勇氣做一件事，卻沒勇氣做另一件事。先生，我懇求您，我哀求您，請給我許個最神聖的諾言，不要把這事告訴她。我能主動地不是被迫地說出來，我就可以告訴全世界，告訴大家，這我無所謂。可是她，她不知道是怎麼回事，她會嚇壞的。苦役犯是甚麼！還得給她作解釋，對她說：苦役犯是蹲過苦役牢的人。"

他癱在安樂椅上，雙手捂住臉。雖聽不見聲音，但從他抽動的雙肩，可以看到他在哭泣。無聲的哭泣是可怕的哭泣。

"請放心，"馬里尤斯，"我一定不把您的秘密說出去。"

讓·瓦讓似乎最後猶豫了一下，然後，啞着嗓門而且幾乎是沒有氣息地含含糊糊地說：

"現在您知道了一切，您，先生，您是主人，您認為我不該再見珂賽特了嗎？"

"我認為這樣更好。"馬里尤斯冷冷地說。

"我再也見不到她了。"讓·瓦讓喃喃地說。

他朝門口走去。停了一會兒，又把門關上，身子轉向馬里尤斯。

讓·瓦讓的臉色已不是蒼白，而是青灰了。他眼中已沒有淚水，而是一種悲慘的火光。他的聲音又變得出奇的平靜。

"聽着，先生，"他說，"如果您願意，我就來看她。我明確地告訴您，我非常想來看她。假如我不想看珂賽特，我就不會告訴您這一切了，我就會一走了之。可是我想待在珂賽特所在的地方，繼續能看見她，我就不得不把這一切都告訴您。您能聽懂我講的道理，是不是？"

"您每天晚上來吧，"馬里尤斯說，"珂賽特會等您的。"

"您真好，先生。"讓·瓦讓說。

馬里尤斯向讓·瓦讓鞠了一躬，幸福的人把絕望的人送到門口，兩人就分手了。

讓‧瓦讓死去

幾個星期過去了。一種新的生活漸漸征服了珂賽特：結了婚，便有許多交往，要訪客，要操持家務，要娛樂，這些都是大事。珂賽特的娛樂不用花錢，只有一項，就是同馬里尤斯廝守一起。同他一起出門，一起待在家裏，這是她生活中最重要的事。讓‧瓦讓每天都來。不再用"你"，而是用"您"、"夫人"、"讓先生"相稱，使得讓‧瓦讓在珂賽特眼裏變成了另一個人。他沒法使她疏遠自己的做法成功了。她越來越快樂，對他越來越不親熱。

他仍住在武夫街，下不了決心離開珂賽特住過的地方。

起初，他在珂賽特身邊待幾分鐘。後來，他養成習慣，待的時間長了一些。一天，他待的時間比平時更長。第二天，他發現壁爐裏沒生火，讓‧瓦讓隱隱感到已不受歡迎了。

第二天，他進入樓下那間屋子時，全身一震。兩張扶手椅不見了，連張椅子也沒有。他垂頭喪氣地走了。這次他全明白了。

第二天，他沒有來。珂賽特到晚上才發現。

"咦！"她說，"讓先生今天沒來。"

她心裏有點難過，但她剛有感覺，就被馬里尤斯的一個吻排解了。

第三天，他還是沒有來。珂賽特沒注意，仍像平時那樣過她的。夜晚，睡她的覺，只是翌日醒來時才想起來。

一天，讓‧瓦讓下了樓，在街上走了幾步，就坐到一塊護牆石上。他坐了幾分鐘就上樓了。第二天，他沒出門。第三天，他沒起牀。一個星期過去了，讓‧瓦讓沒有在房間裏走一步。他一直臥牀不起。

女門房對她丈夫說：「樓上的老頭不起牀，也不吃飯，他活不久了。他心裏愁悶。我總想，他的女兒的婚沒結好。」

她看見本區的一個醫生從街口走過，就自作主張把他請上樓。「在三樓。」她對他說，「您只管進去。老頭起不了牀，鑰匙就插在門上。」

醫生看了看讓‧瓦讓，問了問情況。他下樓時，女門房喊住他：「怎麼樣，大夫？」

「您的病人病得很重。」

「甚麼病？」

「甚麼病都有，甚麼病也沒有。看來這個人失去了最心愛的人。他會因此而送命。」

一天傍晚，讓‧瓦讓吃力地用臂肘撐起身子，拿起手給自己號脈，卻找不到脈搏。他呼吸短促，不時喘息。可能受最後一樁心事的驅使，他強打精神坐起來，穿上衣服。他打開那隻手提箱，把珂賽特的衣服拿出來，攤到牀上。可憐的人雙手捧住腦袋，陷入沉思。

「呵！」他心裏號叫着，「完了。我再也見不到她了。我就要進入黑夜，卻不能再見她一面。呵！哪怕是一分鐘，一會兒，讓我聽見她的聲音，摸摸她的衣裙，看看她，這個天使！然後就死去！不。完了，永遠完了。我孤苦伶仃。上帝啊！我的上帝啊！我再也見不到她了。”

就在這時，有人敲門了。

就在這一天，更確切地說，就在這一晚，馬里尤斯吃完飯，就回辦公室，有一份案卷要研究。不一會兒，巴斯克送來一封信，並說：“寫信的人就在候見室。”

馬里尤斯接過信。信上有股煙葉味。馬里尤斯感到這氣味很熟悉。他看了看寫的字，認出了字跡。他迫不及待地打開信，信上署名“泰納”。這次署名不是假的，只是縮短了些。

馬里尤斯激動不已。驚訝過後，便是喜不自勝。假如現在能找到他想找的另一個人，也就是救他馬里尤斯的那個人，那他就別無他求了。“讓他進來。”馬里尤斯說。

一個男人走進來。那人將兩隻手插進背心兜裏，抬起頭，但沒直起腰，卻用眼鏡的綠色目光觀察馬里尤斯。“男爵先生，我有個秘密要賣給您。”

“甚麼秘密？”

“男爵先生，您家裏有個盜賊和殺人犯。”

馬里尤斯打了個顫。“我家裏？不可能。”他說。

“他叫讓·瓦讓。”

“我知道。”

“他從前是個苦役犯。”

“我知道。”

馬里尤斯語氣冷淡，兩次回答"我知道"，話語簡短，不願交談，這些都使那人心中暗生怒氣。那大人物感到有必要壓低些價碼："男爵先生，給一萬法郎吧，我這就講。"

馬里尤斯眼睛盯着他："我知道您非同尋常的秘密是甚麼。就像我知道讓·瓦讓的名字，也像我知道您的名字。"

"我的名字？"

"泰納迪埃。"

泰納迪埃大吃一驚，儘管曾是馬里尤斯的鄰居，卻從沒見過他，在他的頭腦裏，那個馬里尤斯和這個蓬梅西男爵不可能扯到一起。

馬里尤斯在沉思。他終於抓住泰納迪埃了。他一直多麼想找到這個人，此刻就在面前。他終於能履行蓬梅西上校的遺囑了。這位英雄還欠着這強盜一筆人情，他感到很丟人。此刻，面對泰納迪埃，他的思想非常複雜，他也感到，上校不幸被這樣一個惡棍所救，自己應為他洗雪恥辱。不管怎樣，他很高興。他終於要把上校的亡靈從這個可恥的債權人手中解救出來了。

"泰納迪埃，現在，您來告訴我的那個秘密，要不要我說給您聽聽？我也有情報，我。您會看到我知道得比您多。讓·瓦讓，正如您說的，是個殺人犯和盜賊。說他是盜賊，因為他偷了一個有錢的廠主馬德蘭先生，並使他破了產。說他是殺人犯，因為他殺了便衣警察雅韋爾。"

泰納迪埃至高無上地瞪了馬里尤斯一眼，那神情就像一個吃了敗仗的人再次勝利在握，泰納迪埃只對馬里尤斯說：“男爵先生，我們說的不是一回事。讓‧瓦讓根本沒有盜竊馬德蘭先生，讓‧瓦讓根本沒有殺死雅韋爾。”

“這太過分了！怎麼可能？”

“有兩條理由。”

“哪兩條？說吧。”

“第一，他沒有盜竊馬德蘭先生，因為讓‧瓦讓本人就是馬德蘭先生。第二，他沒有殺死雅韋爾，因為殺死雅韋爾的人是雅韋爾。”

“證據呢！拿出證據來！”馬里尤斯氣得大叫大嚷了。

泰納迪埃從一側的口袋裏拿出一個大灰紙袋，從紙袋裏取出兩期發黃的、褪了色的、發出濃郁煙草味的報紙。最舊的那份是一八二三年七月二十五日的《白旗報》，可以讀到那篇文章，證實馬德蘭和讓‧瓦讓是同一個人。另一份是一八三二年六月十五日的《箴言報》，證明雅韋爾是自殺的。

馬里尤斯讀那兩篇文章。事實明擺着，日期確實無疑，證據不容置疑，馬里尤斯高興得禁不住叫了一聲：“這麼說，這個不幸的人值得敬佩！這筆財產的確是他的！他是馬德蘭，一個地區的保護人！他是讓‧瓦讓，雅韋爾的救命恩人！他是英雄！他是聖人！”

“他不是聖人，他也不是英雄，”泰納迪埃說，“他是殺人犯和盜賊。”

馬里尤斯以為“盜賊”、“殺人犯”等字眼不會再聽到了，不料復又出現，不啻一盆涼水澆在身上。

孤星淚

讓‧瓦讓死去

"男爵先生，我把一切都告訴您，不過要多給些報酬。這個秘密價值連城。一年前，巴黎暴動的那一天，有個人躲在大下水道裏，那天是六月六日，大概是晚上八點。那人聽見下水道裏有響聲。他大吃一驚，便蹲下來，窺視着。是腳步聲，有人在黑暗中走路，向他這邊走來。他辨清了來人，那人還背着甚麼東西。他彎着腰往前走。那彎腰走路的人曾是個苦役犯，他背着的是一具屍體。這是一起十足的現行殺人罪。兩個人在裏面，總會狹路相逢。過路人對那住戶説：'你看見我背着甚麼了，我得出去，你有鑰匙，給我。'這個苦役犯力大無比，是不能拒絕他的。不過，有鑰匙的人同他講價錢，是為了贏得時間。他仔細看了看那個死人，但甚麼也看不清。他一面同他説話，一面偷偷從被害人背後撕下一片衣服。他把物證揣進衣兜裏。然後，他打開門，讓那人和他背上的包袱出去，關上門就逃開了。您現在明白了吧。背屍體的那個人是讓•瓦讓，有鑰匙的人就是現在同您説話的人，而那片衣服……"

　　泰納迪埃邊結束句子，邊從口袋裏掏出那塊佈滿暗斑的黑呢布片，用兩隻手的大拇指和食指捏着。馬里尤斯站起來，臉色蒼白，呼吸急促，一句話也不説，眼睛盯着那塊黑呢布片。

　　這時，泰納迪埃繼續説："男爵先生，我有充分的理由認為，被害的年輕人是個非常富有的外國人，身上帶着巨款，被讓•瓦讓拖進了圈套。"

　　"那年輕人是我，這就是衣服！"馬里尤斯大聲説道。説完，他把一件血衣扔到地上。然後，他從泰納迪埃手中奪過那塊布，蹲到衣服前，將布片放到下襬的缺口上。撕口完全吻合，布片補全了衣服。泰納迪埃驚得目瞪口呆。

馬里尤斯站起來，渾身哆嗦，又失望又高興。他掏了掏口袋，憤怒地走到泰納迪埃跟前，將抓滿五百和一千法郎的拳頭伸給他，差點按到他的臉上。"您是個卑鄙的傢伙！您是個撒謊專家，誹謗者，惡棍！您來誣告一個人，反而還了他清白。您自己是盜賊！您自己是殺人兇手！我知道您很多事，足以把您送進苦役牢，甚至判更重的刑，如果我願意的話。但願您能吸取教訓，您這個販賣秘密的舊貨商，兜售秘密的小販子，搜索秘密的傢伙，無賴！拿着這幾張五百法郎，從這裏滾出去。滑鐵盧保護了您。"

"滑鐵盧！"泰納迪埃嘀咕着，將那幾張五百法郎和一千法郎裝進兜裏。

"是的，兇手！您在那裏救了一位上校的性命！"馬里尤斯憤怒地説，"聽着，您惡貫滿盈。滾開！永遠消失！啊！魔鬼！再給您三千法郎，拿着，明天就和您女兒去美洲。我要監視您動身，強盜，到時我再給您兩萬法郎。滾到別處去吊死吧！"

"男爵先生，"泰納迪埃回答説，一面把腦袋鞠到了地上，"不勝感激。"泰納迪埃出去了，他感到莫名其妙，成袋的金子甜蜜地壓在他身上，霹靂化做鈔票在他頭上轟隆隆響，他簡直又驚又喜。

泰納迪埃一走，馬里尤斯趕緊跑到花園。珂賽特還在那裏散步。"珂賽特！珂賽特！"他大聲喊道，"快來！快！我們出去。巴斯克，叫馬車！珂賽特，快來。啊！我的上帝！是他救了我的命！一分鐘也別耽誤了！圍上披巾。"珂賽特以為他瘋了，但還是服從了。

不一會，一輛出租馬車到了門口。馬里尤斯把珂賽特扶上車，隨後自己一躍而上。"車夫，"他說，"武夫街七號。"馬車出發了。

讓・瓦讓聽見有人敲門，便轉過頭去。"進來。"他無力地說。

門開了，珂賽特和馬里尤斯出現了。珂賽特衝進屋裏。馬里尤斯站在門口，倚着門框。

"珂賽特！"讓・瓦讓說。他從椅子上直起身子，顫巍巍地張開雙臂，神色驚慌，面色慘白，雙眸顯出無限的喜悅。珂賽特激動得說不出話來，撲到讓・瓦讓的胸口。"父親！"她說。讓・瓦讓激動不已，結結巴巴地說："是你！你來了！你寬恕我了。"

馬里尤斯低下頭，不讓眼淚流出來，他向前跨了一步，使勁抿住嘴，以免哭出聲來，喃喃地說："我的父親！""您也寬恕我了！"讓・瓦讓說。馬里尤斯一句話也說不出來。"你們總算來了！蓬梅西先生，請您原諒我！"讓・瓦讓又說。

讓・瓦讓剛說完這句話，馬里尤斯滿腹的話兒找到了出口，便爆發出來："你聽見沒，珂賽特？他還這樣說！他還請求我原諒他。珂賽特，你知道他為我做了甚麼嗎？他救了我的命！還不止這個。他把你給了我。他犧牲了自己。他就是這樣的人。可他還對我這個忘恩負義的人，這個健忘的人，這個無情的人，這個有罪的人道謝！珂賽特，即使我這輩子為他做牛做馬，也報答不了他的恩情。那街壘，那下水道，那激烈的戰場，那污水坑，他都經歷了，為了我，為了你，珂賽特！他冒着一次次生命危險把我背走，使我免遭死亡，卻把死亡留給自己。"

"噓！噓！"讓·瓦讓低聲說，"為甚麼說這些？"

"那您呢！"馬里尤斯既生氣又崇敬地大聲說，"您為甚麼沒說？您也有錯。您救了別人的命，卻還瞞着他們！您是馬德蘭先生，為甚麼不說？您救了雅韋爾的命，為甚麼不說？您救了我的命，為甚麼不說？"

"因為當時我和您的想法一樣。我覺得您是對的。我應該走開。假如我講了下水道的事，您就要我留在你們身邊，因此我只得不提這事。假如我說了，誰都會不方便。"

"甚麼不方便！誰不方便！"馬里尤斯又說，"您難道還想待在這裏嗎？我們要把您接走。啊！我的上帝！一想到我偶然才知道這一切，心裏就不安！我們要把您接走。您和我們是一家人。您是她的父親和我的父親。您一天也不能待在這可怕的屋子裏了。您別想明天還在這裏。"

"明天我不會在這裏了，"讓·瓦讓說，"但也不會在你們那裏。"

"您想說甚麼？"馬里尤斯反駁道，"啊，我們不再讓您出去旅行了。不再讓您離開我們。我們不放您走。"

"這次可是真的，"珂賽特也跟着說，"下面有輛馬車。我要把您劫走。必要的話，我會使用武力。"

讓・瓦讓在聽她説話，卻沒聽見説甚麼。他聽見的是美妙的音樂，而不是她説的話。一顆巨大的淚珠，來自心靈的憂鬱的淚珠，在他眼睛裏慢慢形成。

珂賽特握住老人的兩隻手。"上帝！"她説，"您的手更冷了。您病了嗎？您不舒服嗎？"

"我？沒有，"讓・瓦讓回答，"我很好。只是……"他戛然而止。

"只是甚麼？"

"我馬上要死了。"

馬里尤斯愣在那裏，看着老人。珂賽特慘叫一聲。"父親！我的父親！您會活下去的。您要活下去。我要您活下去，聽見沒有！"

讓・瓦讓充滿愛意地向她抬起頭。"呵！是的，命令我不要死吧。誰知道呢？我可能會服從的。你們來時，我正在死去。你們一來，我就停下了。我感到我復活了。"

門響了。醫生進來了。"你好，大夫，永別了。"讓・瓦讓説，"這是我兩個可憐的孩子。"

馬里尤斯走近醫生。他對他只説了一個詞："先生？……"但語氣足以構成一個完整的問句。作為回答，醫生意味深長地看了他一眼。一陣沉默。大家都心情沉重。讓・瓦讓把臉轉向珂賽特。他開始凝視她，彷彿想把她印在心裏帶到永生。他已沉入深深的黑暗中，但還能望着珂賽特出神。

醫生把了把他的脈搏。"啊！他需要的是你們！"

他看着珂賽特和馬里尤斯，咕噥道。接着，他湊到馬里尤斯的耳邊，悄悄對他説："太晚了。"

讓·瓦讓半昏迷了一陣，繼而穩定了一些。他晃了晃腦袋，彷彿要抖掉頭上的黑暗。他幾乎又清醒了。他拉起珂賽特的袖口，吻了一下。

"你們都是善良的孩子，"讓·瓦讓説，"我要告訴你們，我痛苦的是甚麼。使我感到痛苦的，蓬梅西先生，是您不願碰那筆錢。那筆錢的確是您妻子的。孩子們，我給你們解釋一下，黑玉來自英國，白玉來自挪威。這些我全都寫在那張紙上了，你們自己看吧。至於手鐲，我發明了搭接的金屬扣環，取代焊接的金屬扣環。這樣更美觀，物美價廉。你們應該明白這能掙多少錢。珂賽特的錢確實是她的。我給你們講這些細節，是想讓你們心安理得。"

讓·瓦讓死去

女門房上樓來了，從虛掩的門縫往裏瞧。醫生叫她離開，但未能阻止這個熱心的老太太離開前對臨終者大聲問："您要不要請神甫？"

"我有一個了。"讓·瓦讓説。他邊説，邊用手指往頭上方指了指，彷彿看見甚麼地方有個人似的。在他彌留之際，那位主教也許真的來看他了。

讓·瓦讓越來越衰弱。他像夕陽西斜，漸漸接近黑暗的天邊。他的呼吸斷斷續續，嘶啞的喘息不時造成呼吸中斷。他的胳膊已抬不起來，他的腳已不能動彈。他的臉漸漸灰白，卻同時帶着微笑。他呼吸逐漸停止，眼睛逐漸睜大。可以感到，這是一具長了翅膀的屍體。

珂賽特和馬里尤斯悲傷不已，泣不成聲，趕緊跪下，將頭分別埋在讓‧瓦讓的一隻手上。這兩隻莊嚴的手不再動彈了。他向後仰着，兩束燭光照着他，灰白的面孔仰望穹蒼。珂賽特和馬里尤斯親吻他的手。他死了。

　　夜空沒有星光，一片漆黑。在黑暗中，也許站着一個大天使，展開雙翼，在等候這個靈魂。

趣味重溫（2）

一、你明白嗎？

1. 判斷正誤，在正確判斷後打 ✓，錯誤的判斷後打 ✗。

   a. 珂賽特在修道院的寄宿學院裏上學。　　　　　　（　　）

   b. 馬里尤斯在見到珂賽特的第一眼就愛上了她。　　（　　）

   c. 泰納迪埃曾在戰場上救了馬里尤斯父親的命。　　（　　）

   d. 讓・瓦讓在珂賽特和馬里尤斯結婚後，向他倆坦承了身份。（　　）

2. 《孤星淚》中，每個人物的外貌都被刻畫得很生動形象，能體現出人物的個性特徵。下列文字描寫讓・瓦讓、雅韋爾、泰納迪埃、馬里尤斯，請把對應的人名填寫在括號內。

   i. 身材矮小，面色蒼白，瘦骨嶙峋，看上去病懨懨的，其實身體非常好。平常，出於謹慎，他總是笑容滿面。他目光如石貂般狡猾，但神態卻像文人那樣溫雅。　　　　　　　　　　（　　）

   ii. 他的神態憂鬱而嚴肅，就像退役軍人，全身透着健壯和疲勞，他慈眉善目，卻很難接近，從不將目光和別人的目光接觸。他的頭髮雪白雪白。　　　　　　　　　　　　　　　　（　　）

   iii. 他總是雙眉緊蹙，形成的皺紋猶如一顆憤怒的星星，在兩隻眼睛之間閃爍；他目光深沉，嘴唇緊閉，令人生畏；他神態兇狠，咄咄逼人。　　　　　　　　　　　　　　　　　（　　）

   iv. 他中等身材，頭髮又濃又黑，額頭高高，充滿智慧，鼻孔張開，充滿熱情，神態真誠而冷峻，整個臉上洋溢着説不出的高傲、沉思和天真。　　　　　　　　　　　　　　（　　）

二、想深一層

1. 圈出最能體現讓・瓦讓性格特點的文字。

   i. 走進濱海蒙特勒伊小城時，恰遇市府發生一場大火災。他跳進火中，冒着生命危險，救出兩個孩子，恰好又是憲兵隊長的孩子，這樣，人們就沒有想起問他要證件。

   　　a. 敢於冒險　　　　　　　　b. 奮不顧身
   　　c. 愛護小孩　　　　　　　　d. 善於抓住機會

   ii. 他的樂趣是在田野裏散步。他出去散步時，常常帶着一支槍，但很少使用。偶爾開槍，卻是彈無虛發。他從不殺死無害的動物，從不向小鳥開槍。

   　　a. 熱愛自然　　　　　　　　b. 聰明能幹
   　　c. 喜歡動物　　　　　　　　d. 仁慈善良

   iii. 晚上，他偷偷潛入別人家裏，悄悄爬上樓梯。一個可憐人回到自己的破屋，發現他不在時門被打開了，有時甚至是撬開的。那可憐人大叫大喊："有壞人來過啦！"他走進屋裏，首先映入眼簾的，是一枚丟在傢具上的金幣。來過的"壞人"，正是馬德蘭老伯。

   　　a. 愛開玩笑　　　　　　　　b. 慷慨大方
   　　c. 做善事不留名　　　　　　d. 有同情心

   iv. 他解開領帶，放在珂賽特胳肢窩下面，輕輕繞過身子，注意不碰傷她，然後把領帶繫在繩子的一端，用牙齒咬住繩子的另一端，脫掉鞋襪，扔過牆頭，登上台基，開始攀登兩牆交會的凹角。

   　　a. 細心體貼　　　　　　　　b. 判斷準確
   　　c. 謹慎穩妥　　　　　　　　d. 行動敏捷

2. 吉諾曼先生為甚麼不讓他的女婿蓬梅西上校見馬里尤斯？　（　　）

   a.　蓬梅西沒有錢

   b.　蓬梅西沒有地位

   c.　蓬梅西沒有教養

   d.　翁婿二人的政治觀點不同

3. 珂賽特變得越來越美，為甚麼讓·瓦讓卻有一種説不出的難過？

                                         （　　）

   a.　擔心珂賽特的美貌會惹來麻煩

   b.　害怕引起別人的注意而被識穿身份

   c.　害怕珂賽特會離自己而去

   d.　擔心珂賽特變得愛慕虛榮

4. 以為讓·瓦讓殺了雅韋爾後，一股冷氣穿透馬里尤斯的心，為甚麼？

                                         （　　）

   a.　他認為雅韋爾是個好警察

   b.　他認為讓·瓦讓很兇殘

   c.　他怕讓·瓦讓也這樣對待他

   d.　他認定讓·瓦讓是在公報私仇

5. 讓·瓦讓為甚麼在珂賽特結婚後，向馬里尤斯坦承自己苦役犯的身

   份？　　　　　　　　　　　　　　　　　　　　（　　）

   a.　他希望馬里尤斯能原諒他

   b.　他擔心馬里尤斯誤會珂賽特

   c.　他不想受良心的折磨

   d.　他希望和珂賽特住到一起

三、延伸思考：

1. 讓‧瓦讓一直仇視馬里尤斯，認為馬里尤斯搶走了珂賽特的愛。但為甚麼在街壘時他又救了馬里尤斯，而且在下水道那樣艱苦的環境裏，還對馬里尤斯不離不棄？

_____

_____

_____

_____

2. 珂賽特和馬里尤斯在結婚後，就逐漸冷落了讓‧瓦讓，導致了讓‧瓦讓的傷心死亡。你認為他們的做法是有心還是無意？讓‧瓦讓隱瞞了自己救馬里尤斯的事實，那麼，他是否也應該為自己的結局承擔一定的責任呢？

_____

_____

_____

_____

3. 如果雅韋爾最終沒有自殺的話，那麼你認為他能與讓‧瓦讓和平共處嗎？在他的天職和良知之間一定要做一個選擇的話，他會選擇哪一個呢？在你的現實生活中，有沒有類似化敵為友的經歷呢？

_____

_____

_____

_____

_____

參考答案

趣味重溫（1）

一、你明白嗎？

1.

工廠	增設十個牀位
醫院	設立男女車間
學校	開設免費藥房
為殘廢工人	建造兩幢校舍
為窮苦家庭	設立救濟金

2.
　　i. b　　ii. a　　iii. e　　iv. c　　v. d

二、想深一層

1. c
2. a
3. b
4. d
5. b
6. c
7. c

三、延伸思考（此部分不設答案，讀者可自由回答）

趣味重溫（2）

一、你明白嗎？

1.
a. ✔　　b. ✘　　c. ✔　　d. ✘

2.
i. 泰納迪埃　　ii. 讓·瓦讓　　iii. 雅韋爾　　iv. 馬里尤斯

二、想深一層

1.
　　i. b　　ii. d　　iii. c　　iv. a
2. d
3. c
4. b
5. c

三、延伸思考（此部分不設答案，讀者可自由回答）